A.D.G.

Notre frère qui êtes odieux...

Gallimard

En 1971, la Série Noire publie son premier roman sous le pseudonyme d'A.D.G. par mesure de prudence car « l'action se passait dans le milieu marseillais avec des gens qui existaient ». Depuis, A.D.G. est considéré comme un des maîtres français du roman noir. Autodidacte et dévoreur de livres, A.D.G. se réclame de Céline, de Boudard et d'Albert Simonin.

Pour Arlette.

I

Simon était étendu à côté de la grosse putain, à peine repu. Jusqu'à un certain point, il n'avait guère confiance dans les femmes et on pouvait le comprendre. Depuis l'histoire de ce vieux Samson pourri avec sa gueule de raie et sa conne la mère Dalila qui profite de son sommeil pour lui chouraver son Colt ou quelque chose comme ça, qu'après ce vieux de con de père Samson, au lieu de s'argougner une chouette pépète à camembert Thompson ou un P. M. Uzi comme le mec sérieux qui connaît son boulot, il dessoude les affreux à coups de mâchoire d'âne, vous parlez d'un drôle d'outil, depuis donc l'histoire de ce vieux cave pourri, Simon craignait de pas pouvoir être totalement en confiance avec les grognasses et on verra qu'il avait bien raison.

— Tu veux une sèche ?

— Hon !

Comme ça elle causait, cette morue, le doulos St Pierre lui aurait — ce qu'à Dieu ne plaise, nom de nom ! — proposé illico la botte ou le Paradis, elle aurait répondu :

— Hon !

Simon pouvait en déduire que les bonnes femmes, ça a pas de conversation pour tout dire, ou alors que leur conversation — il pensait ça, mais jamais il avait pu en écouter de vraies conversations de bonnes femmes — ça se réduit à des machins et à des trucs sur la mode ou sur les entrailles, les ovaires pour tout dire et qu'en définitive, elles auraient bien mieux fait de fermer leur gueule, personne y aurait perdu.

Il lui alluma une cigarette avec la sienne. Pendant que cette mercenaire du trou du chose allait faire ses hâtives ablutions dans le cabinet d'à côté, il avait planqué ses deux armes : le revolver sous l'oreiller, à portée de la main gauche (il occupait la droite du lit) et l'automatique sous le matelas, à peine coincé. Il tâta la crosse du Cougar Beretta, on pouvait dire ce qu'on voulait des Ritals, un peu foireux et mauvais musiciens nouillasses, mais pour ce qui est du bon automatique, ils se débrouillaient. Il décida de regarder un peu la grosse *puta* allongée à côté de lui, alanguie, molle comme un bonbon fondant qu'on trouve dans les boîtes d'étrennes, que personne ne bouffe et qu'on se repasse en famille et en toute gentillesse.

— Tu ressembles à ma mère, il dit comme ça le Simon.

— Hon ! Hon !

Il fallait comprendre que la fille voulait dire :

— P'tit gars, les mecs qui me choisissent, tous ils ont un côté freudien, tu vois, le truc à la noix de Sophocle et de son petit cochon d'Œdipe, tu m'as compris p'tit gars, tu m'as... Le machin de la sécurité entre mes nichons, pas qu'un peu aussi ils maquillent fœtus entre mes cuisses, enfin, p'tit gars, tu vois le topo. Hon ?

Simon voyait pas tous ces morlamois : il trouvait que la fille ressemblait à sa mère parce que sa mère avait été une fière radasse avec des lolos comacks en pis, l'œil bovin, la vue courte. Il exprimait une intemporalité dans la garcerie.

— Tu vois, il dit en écrasant son mégot dans le cendrier, ici, c'est bien. On se sent tranquille, peinard.

— Hon.

Son principe à la gueuse, gentillesse d'accord, faut ça pour le commerce, mais pas se lier. Si elle était grosse maintenant, c'est qu'elle avait trop causé avec un type, autrefois, alors de causer, ça crée des liens, à filer en striptize chaque lambeau de sa tête, on finit, c'est forcé, par être à loilpé, et quand vous êtes comme ça, tout le monde en profite, d'abord on a les mains en coquille sur le sexe cortexal, on peut plus se défendre, on se fait lapider par les fumiers. Ils vous prennent votre fric, ils veulent tuer votre jeunesse, ils vous disent des gros mots pour que vous ayez honte et que vous vous cachiez. Voilà son opinion à la grosse et puis c'est aussi la mienne et ça aurait dû être celle de Simon, mais Simon, il est un peu jeunot, il veut tout bouffer, il sait pas que le simple fait de causer — même pour rien dire — ça peut conduire loin, c'est de la philosophie.

— Ça fait longtemps que tu fais ce métier ?

— Hon...

Presque soupir, le « hon » ce coup-ci. La pute compte pas en années sociales, mauvais calcul à caves. Elle additionne en passes, usure de godasses, rafles, fumelingues, bidets, Brigades des Mœurs avec des majuscules, clanculs divers et michetonnants. Un monde sans saisons, des années avec un calendrier drôlement tordu. Et ce petit con (décidément, il baisse dans mon estime, le Simon) qui pose des questions aussi naves.

Simon glissa sa pogne gauche sous l'oreiller, sa paume colla à la crosse fine du Smith & Wesson Modèle 36. Son érotisme particulier à cézigue, la bonne prise en main d'une belle arme. À sa façon, Simon avait résolu l'éternelle querelle des pistolets et des revolvers. Il possédait un exemplaire de chaque système, cinq coups dans le Smith & Wesson en .38 Special, sept coups dans le Beretta en 9 mm court, ça laissait voir à voir et bien entretenu et avec de jolis étuis de ceinture et avec des chargeurs de rechange pour le Cougar dans la poche de la veste et avec des balles en vrac pour le revolver dans le pardessus et avec un brave torse de nageur olympique pour supporter tout ça, une gueule dure au-dessus avec des yeux qui faisaient malicieux, ce qui n'était que duperie et avec une profonde vacherie de nom de Dieu de salaud qui se croit tout permis parce qu'il a deux flingues et voilà la boucle est bouclée, c'est Simon Mercourt qui rallume une autre cigarette pendant que l'autre elle fait hon parce qu'elle a deviné que ce beau gosse brun est plutôt du genre pas fréquentable.

— Et comment tu t'appelles, au fait ?

— Maïa.

Elle aurait bien mieux fait de dire « hon » parce qu'elle s'appelle pas Maïa d'abord mais Denise et puis que c'est comme pour les discours, de livrer son nom — et même un faux — c'est le commencement du déshabillage et puis on s'en sort plus, en somme, on devient facilement bêta, on s'attache et il vaudrait infiniment mieux ne pas avoir de nom et dire « hon » quand on vous le demande, ne serait-ce qu'avec les flics, ça arrangerait bien des choses.

— Alors, écoute, Maïa...

C'est pas encore ce soir-là que Maïa-Denise se fera avoir aux boniments et bien sûr, elle n'aura jamais su ce que voulait dire Simon alors que c'était peut-être très important. Il y a d'abord un grand crac et la porte vole en éclats parce que c'est du contreplaqué tout mince. Un coin de serrure atterrit même sur le lit. Denise — elle est redevenue, tant elle a peur, la môme qui fauchait des confitures et qui se laissait tirer les nattes à la sortie de la Communale — pige pas tout très bien.

Simon pige au quart de tour, lui, il a déjà en main le Cougar parce que c'est plus rapide, il y a pas de « sécurité » à enlever, juste un coup de pouce à donner pour relever le chien, il tire sur le grand mec qui est à la porte, à moitié courbé à cause que tout le contreplaqué a pas foutu le camp d'un seul coup.

En même temps, il se laisse glisser sur le côté, tomber dans la ruelle du lit, vu que le grand mec sinistre arrose à la Sten ledit lit. Ça fait floc-floc amorti dans le matelas et jusqu'au sommier parce que des 9 mm en rafales, ça chicane pas. Simon a saisi l'automatique, il est temps, il a déjà vidé trois balles sur cinq du Beretta et je sais pas si dans un coup comme ça vous avez eu tranquillement le temps de regarnir un barillet. À deux mains, il canarde le mec qui s'est aplati contre le mur, et ça fait bien du bruit tout ça, allez pas vous étonner après s'il y a une crise dans l'hôtellerie quand les gens peuvent pas pioncer ou baiser peinards.

Simon a fait plus mouche que son agresseur qui met les pouces d'un air horrifié, un peu scandalisé même, qui tombe lentement mais sans chichis sur le parquet. On voit que le tir de Simon a été bien groupé aux impacts derrière, dans le plâtre. Quatre balles en tout, au moins une du revolver, les autres se sont paumées dans la chambre, une a touché le commutateur à l'entrée, ce qui fait que la lumière du plafond s'est éteinte et qu'il ne reste que les deux lampes de chevet, une autre est passée par la porte et a dû traverser la lourde d'en face si on en croit les hurlements paniqués à retardement qu'on entend. Les autres, on ne sait pas et puis en définitive, on s'en fout.

— Maïa ? Maïa ! Maïa...

Denise la petite grosse de vingt-sept berges est repartie par le ventre dans ses confiottes d'enfance. Labouré par la rafale, son gros gentil ventre accueillant au-dessus de ses sympathiques cuisses cellulitеuses, laisse échapper ce qu'on appelle je crois l'écume dans la confiture. Ça bouillonne bien un peu, ça doit être chaud, c'est de la gravosse femme qui meurt.

Simon s'habille en vitesse, fait basculer le barillet du Cougar pour éjecter les douilles, met un autre chargeur dans l'automatique, glisse ses armes dans les deux étuis de ceinture à l'intérieur du futal, va chercher dans le cabinet de toilette une serviette nid d'abeilles, se baisse pour ramasser la titine de feu Grand Mec Sinistre — bien élégant quand même — tire d'un doigté économe trois balles dans le crâne de Maïa qui souffre plus, essuie bien avec la serviette tous les endroits où il a mis les doigts, ne se donne pas la peine de ramasser les douilles puisqu'il charge toujours ses armes avec un chiffon pour pas laisser d'empreintes.

— Je croyais que tu tirais mieux que ça, il dit au cadavre de Grand Mec Sinistre qu'il a mieux connu il y a pas longtemps sous le surblaze d'Enrico-la-Limace, tu vois comme on se fait des fausses gloires...

Il sort. En face, le mec agressé dans sa chambre par une bastos vagabonde avait entrebâillé sa porte. Simon y lance un vigoureux mais pas agressif coup de pied. Le type geint et va se recoucher, sûrement avec une concubine. Simon descend les deux étages presque sans se presser mais faut pas exagérer, en bas, le portier téléphone. Quand il voit Simon, il raccroche, pourtant Simon fait même pas son méchant et n'a pas d'armes à la main mais croyons bien que les portiers d'hôtel sont psychologues.

Simon Mercourt débouche dans la rue Saint-Sulpice, il a garé sa voiture au parking souterrain Saint-Sulpice et, arrivant au pied de l'église, sans à peine savoir ce qu'est la poésie, il pisse contre.

II

Simon n'avait vraiment pas de chance, si vous voulez aller par là. En l'occurrence, il en avait eu, mais en définitive, un coup ça va, un coup ça vient, vous ne pouvez pas toujours être assuré de tirer le premier ni surtout le plus juste. Et puis ça n'est pas une dialectique bien subtile et à tout prendre, Mercourt eût préféré discuter le bout de gras cinq minutes avec les gens qui avaient envoyé Enrico-la-Limace (limace désignant ici le goût particulier qu'avait Enrico pour les chemises de toutes couleurs et de toutes formes, et non un mollusque rampant et quelque peu dégoûtant) plutôt que de plomber du monde et réveiller tout un hôtel et déranger de braves flics dans leur commissariat, honnêtes travailleurs qui avaient certainement autre chose à faire à une heure du matin que d'aller dégobiller sur les viscères d'une grosse pute et d'un truand vindicatif.

D'ailleurs, en parlant des poulets, ils s'activaient juste comme Simon débouchait du parking et filait droit sur la rue de Rennes. Il les croisa, les laissa passer avec une urbanité qui leur fit croire un instant que la populace n'était pas si montée contre eux que des gauchistes, soi-disant sociologues, voulaient bien le dire. Simon roulait (on ne peut pas dire « possédait » puisqu'il l'avait chouravée le matin même à la porte d'Auteuil) dans une petite R 5, voiture nerveuse et passe-partout. Il avait laissé dans le coffre la sacoche qui contenait les deux millions nouveaux. Elle y était toujours bien sûr et ça, c'était quelque chose de... heu... sécurisant comme ils disent, Simon pensait « vachement bath » et en fait c'était tout à fait la même chose mais en couleur.

Simon mit la radio, entendit qu'on causait de l'influence de Lacan dans l'œuvre de J.-P. Manchette et tourna le bouton jusqu'à ce qu'il trouve de la musiquette qui fait, tout ce qu'on voudra, bien moins mal à la tête. Il entifla le boulevard Raspail, descendit par la rue du Bac jusqu'à la Seine qu'il traversa, suivit les quais puis rattrapa le boulevard Sébastopol. Il avait une petite idée qui n'était pas forcément bonne, mais alors là, si on tombait pile à chaque coup, ça serait plus une vie comme disent les infâmes tarés à qui on cause de la prolongation de ladite vie et qui ont la trouille de s'emmerder jusqu'à deux cents et peut-être plus ans.

— Maïa, c'était un joli nom, pensa tout haut Simon un peu bercé par un air mièvre qui s'écoulait et faisait pof-pof par les mailles du haut-parleur, avec un nom comme ça, elle aurait dû faire du musicaulle...

Il gara la voiture rue Quincampoix Malgré l'heure tardive, la rue se promenait encore. À un extrême bout, noires dans la nuit noire, une haie menaçante de cravacheuses gainées de cuir, aux jambes musclées, à l'air vache, semblaient veiller le cadavre geignard d'un motocycliste morpion. Au long d'une palissade qui cachait sûrement une saloperie d'immeuble en construction, se baladaient pouffiasses pas très regardables, en général espagnoles ou créoles avancées. La rue lupanar, avec ses gentils bistrots bruyants peuplés de crouilles inquisiteurs, la rue chaude et copine où des gens baissaient les yeux, d'autres passaient le regard bref et se donnaient même pas la peine de marchander, d'autres encore qui mataient simplement et après tout chacun a les plaisirs qu'il veut...

Simon prit sa sacoche et ajusta son nœud de cravate. Les chandelles ne l'emmerdaient pas trop, elles l'avaient déjà vu dans le quartier, peut-être à leur avis il habitait la rue. Il entra sous un porche, leva les yeux au second étage.

La lumière y était allumée, c'était ce qui importait, le reste, c'est-à-dire deux mecs en train de se faire pomper dans la cour, trop fauchés pour s'offrir une piaule et puis c'est pas sale debout et en plein air, n'avait aucune importance, un décor habituel.

Il revint jusqu'à la rue, vérifia qu'il n'avait pas été suivi. Enrico l'avait certainement logé au cours de sa balade infernale dans Paris, lui ou quelqu'un d'autre, il l'avait suivi jusqu'à l'hôtel et décidé d'y aller bille en tête tout seul pour avoir seul la récompense. Dix pour cent de deux cents briques, ça justifie des risques et c'est pas moi qui blâmerai Enrico d'avoir tenté le coup.

Personne de salingue à le guetter et, il en était sûr, ses copains connaissaient pas Thérèse.

— Vous voilà !

C'est pas un reproche, bien qu'elle soit en robe de chambre passée rapidement sur son loilpé. Elle constatait, comme font généralement les femmes, une évidence tellement évidente qu'on pouvait que répondre connement :

— Oui, c'est moi.

Simon pensait qu'il se comprenait pas, c'était encore un machin bien sûr à se faire mal à la tête, mais quand on réfléchit à propos des femmes et du sexe et tout ça, c'est plutôt tout rose dans les circonvolutions, un peu mou mais pas désagréable, d'ailleurs, Simon qui avait le symbolique un peu simplet, associait toujours l'amour et les femmes à la confiserie, classait ses conquêtes en nougatine ou en cachou, en dragées à la liqueur ou en granulés pharmaceutiques, ce qui était bien pratique quoiqu'un peu sucré. Il n'y avait que celle-là à n'entrer en aucune catégorie, peut-être parce qu'il n'avait jamais couché avec elle, ça alors, faudrait qu'il y réfléchisse et que ça dise si c'était du lard ou du cochon mais ça c'est de la charcuterie et ça n'était aucunement dans son propos.

— Thérèse, euh, je pourrais, heu, coucher, euh, chez vous ?

Ce truc aussi, qu'il pouvait pas la tutoyer, qu'il était malade de timidité devant elle, allons, un grand garçon comme lui avec un Cougar dans l'étui gauche et un Modèle 36 de chez Smith & Wesson dans l'étui droit de ceinture. Peut-être c'était qu'elle était une artiste, une peintresse ou je sais pas comment on dit pour les gonzesses qui peignent des tableaux et d'autres choses encore. Que son studio était envahi de machins marrants, un piano à queue, une table à dessin, des lignes bizarres sur le mur, un grand lit à facile dix places, des statuettes d'argile par terre, un bastringue qu'il aurait pas voulu chez lui mais qui était bien là à sa place.

— Je suis recherché, tenta d'expliquer

Simon mais on voyait bien que la grande fille s'en fichait complètement, je vous promets que c'est pas une ruse pour faire l'amour avec vous.

Thérèse haussa les épaules, il prit ça pour un doute, et, piqué au vif, écarta les pans de son veston, pour montrer, d'un geste qu'il voulait explicatif, les deux crosses qui dépassaient. Pour un peu, il lui aurait collé les canons sous le nez afin qu'elle sente l'odeur de la poudre.

— Mais je vous crois, Simon, entrez...

Elle avait jusque-là légèrement bloqué la porte en souriant, grande, belle et triste, avec un visage de pietà à qui on aurait piqué son lardon. Simon ne l'avait jamais vue qu'avec un chignon torsadé et cette nuit, avec les longs cheveux sur les épaules, ça faisait une étrange douceur qui lui mettait comme une boule dans la gorge, il se demandait bien pourquoi.

— Voulez-vous prendre quelque chose ? demanda-t-elle en le précédant dans le petit couloir qui menait à l'immense pièce baroque.

— Un café, si ça vous dérange pas.

Ça la dérangeait pas, sûr shérif, elle avait depuis longtemps, Thérèse, perdu l'habitude des dérangements, de tout ce qui est inhabituel pour les autres, d'ailleurs, elle s'en moquait surtout, presque jamais d'hommes sur son grand lit à coussins multicolores et pas davantage de femmes. Une artiste sage.

Elle appela Simon de la cuisine et lui demanda de prendre un des matelas du lit et de le tirer dans un coin de la pièce. Il eut un doux regret à voir la place où elle dormait, ça faisait comme un nid à l'endroit de la tête, y pensa plus parce qu'il voulait se conduire en gentleman. Il était un peu vexé qu'elle lui demande pas pourquoi il était recherché et par qui, si c'était la police et s'il avait buté quelqu'un. Il aurait bien aimé raconter.

— Un sucre ou deux ?

Voilà bien les femmes, on leur fait voir qu'on est un dangereux, peut-être même un méchant, qu'on a deux flingues dans la ceinture et elles vous causent de sucre. Il dit « un » machinalement, posa un matelas à l'ombre de la table à dessin et la grosse sacoche à la tête du lit improvisé. La chatte de Thérèse arriva en se dandinant ; on voyait bien que c'était une chatte coquine, de celles pour qui les matous se déchirent volontiers, et somme toute, dans ce quartier de stupre, elle déparait pas. Simon déboucla ses étuis mais ça impressionnait pas du tout la chatte, elle l'ignora et alla se coucher sur le lit de sa maîtresse. Simon se dirigea vers la cuisine qui était au bout d'un long couloir tapissé d'affiches underground sans trop de fesses. Il but son café en silence, Thérèse debout près de sa chaise comme une épouse attentionnée mais ça n'était qu'une infinie politesse et ça faisait bien soupirer Simon dedans lui.

— Ce n'est pas la police, dit-il enfin en touillant le fond de sa tasse pour lécher le sucre.

— Ça n'aurait pas plus d'importance...

Elle essayait, d'un geste incontrôlé, de renouer ses cheveux, elle devait bien sentir qu'elle était vulnérable ainsi. Simon se souvint comment il l'avait rencontrée : dans un joyeux bistrot où tout le monde chantait des scatos, elle était assise à côté de lui, en compagnie d'une gnome repoussoir, avec son air éternel de princesse triste et gentille. Le goyau qui l'accompagnait acceptait toutes conversations et ils étaient allés boire tous les trois une bière au Fürstenberg où il y a des Américains et un piano et une contrebasse et une batterie et trois hommes dessus qui font du bruit avec. Pour une fois Simon avait compris qu'il devait fermer sa gueule et écouter la musique, c'est peut-être parce qu'il avait rien dit qu'elle lui avait donné son numéro de téléphone et alors après il l'avait invitée à dîner et un peu fait rire, et alors ce qui aurait pu faire une belle histoire d'amour, macache, elle avait pas envie d'être amoureuse de Simon et il avait bien souffert, allez !

Elle attendait, non, elle attendait rien et Simon se leva de table. La suite de cette avortée romance, c'est que Simon un soir s'était raconté, trois heures d'affilée sans qu'elle dise un mot, tout, l'enfance crapoteuse et violente, la maison de correction, le bataillon disciplinaire, première année de tôle, tout ce qui faisait de lui un intéressant cas social qui donnait bien raison à papa Rousseau. À partir de là, elle l'avait méprisé, ça Simon s'en rendait pas compte, et ce que peut-être il eût obtenu en la bouclant, il l'avait soigneusement raté en étalant sa petite connerie satisfaite d'être « en-dehors ».

Si tu causes, t'es mort.

Ils retournèrent tous deux dans la salle, sans gêne, Thérèse fit glisser son peignoir et s'étendit sous les couvertures. Simon prit nullement ça pour une invite, il se coucha tout habillé, se tourna vers un masque hindou plutôt souriant et s'endormit d'une masse, les deux armes posées de chaque côté du matelas.

La chatte miaula un coup et disparut par la fenêtre et les gouttières rejoindre ses amants sur les toits.

*

Comme Enrico-la-Limace était pas revenu après son coup de fil rapide, Zé jugea inutile d'aller rue Saint-Sulpice : ou c'était une fausse piste et l'ordure était pas là, ou Enrico avait été buté et c'était vraiment pas la peine d'aller lui faire la toilette des morts. Même Rabi, qui n'avait généralement aucune opinion sur quoi que ce soit qui sorte du domaine des courtines, était de son avis. Simon serait retrouvé un jour ou l'autre et il n'y avait pas de raison de se presser.

— Tu vois, dit Zé en débouchant une bouteille de rouge, ce Simon, je n'ai pas d'estime pour lui.

— Moi non plus, dit Rabi qui était nord-africain et moche.

Ils burent un verre. La perte d'Enrico était pas extraordinaire, il disait trop sans avoir à le prouver qu'il tirait comme un dieu. Comme le cul, madame, ceux qui en causent sans arrêt font pas souvent mouche.

Les deux cents briques venaient d'un braquage à la Poste centrale de Nantes, ils étaient huit sur le morceau, un vrai beau chouette commando tout ce qu'il y a d'organisé, avec talquie-oualquie, grenades fumigènes, relais de cinq voitures, un beurre tout ce qu'il y a de soin-soin. Bilan : deux postiers butés, un par Zé l'autre par Richard, et un peu plus de quatre cents millions en coupures pas repérables, pas sagouillés par les saloperies qu'on met à l'ouverture des caisses, parce qu'ils connaissaient le truc de la minuterie et que Rabi avait des mains de fée, bien qu'il soit moche comme un pou, pour ce genre de choses-là ; il avait été artificier pendant la guerre d'Algérie.

Les quatre autres avaient eu leur part et se désintéressaient parfaitement de la question, mais Simon s'était trissé le malhonnête, avec la part de Zé, de Rabi et d'Enrico qui était mort maintenant et ça gênait personne, sauf les flics que ça forçait à bosser.

Zé et Rabi étaient des nonchalants, pas jusqu'à croire que la fortune vient en dormant parce qu'enfin, pour faire des holdeupes, faut pas avoir les yeux chassieux, mais ils savaient bien que le temps travaillait pour eux. Le temps et les indices appâtés par la formidable prime de 10 % par eux promise. Tout le mitan était au courant, ça grenouillait dur.

Bien sûr, les flics n'ignoraient rien et Simon eût pu s'épargner le délicat travail d'essuyer ses empreintes. Au plus fort la poche, en loucedé, la Poule le recherchait aussi, si elle lui mettait la main dessus, fallait pas qu'il compte qu'on oublierait la petite fusillade de l'hôtel.

*

Quand Simon Mercourt se réveilla, la sacoche n'était plus là, Thérèse non plus. Ça lui fit un coup, faut comprendre, ouais, c'est rigolo d'être sentimental à ce point-là... Il aurait pu gueuler ah la salope, je vais te crever la paillasse, vous parlez d'une enfoirée infecte, enfin des injures, quoi. Il dit simplement :

— C'est pas chic.

Ce qui représentait un summum de douleur et que la vie, ahlala, elle vous réserve toujours des trucs impossibles, qu'on vieillit vite à la manière dont l'âne trotte et qu'après tout, on peut jamais se fier aux femmes, même à celles qu'on ne peut pas faire entrer dans une catégorie confisière.

Ce que Simon trouvait pas bien non plus, c'était que Thérèse soit partie, et certainement sans espoir de retour, sans ses tableaux et sans la chatte qui dormait sur son lit. Abandonner cette maison si chaude et douce et bonne pour deux cents malheureux millions, c'était faire preuve de petitesse d'esprit.

Simon décrocha le téléphone et appela au domicile de Zé.

— C'est toi, fumier ? demanda sans haine Zé avant que Simon eût pu aller plus loin que « allô ». On t'attend et peut-être même qu'on va passer l'éponge sur tes gourances.

À partir du moment où Simon jouait plus à cache-cache, Zé voyait pas l'utilité de le descendre : avec la meute de flics au courant, autant se faire une belle sans trop de dégâts. Juste on lui piquerait sa part à cet argougneur, parce qu'il faut pas exagérer dans la magnanimité. Simon fit un silence.

— Tu vas être déçu, Zé, émit-il sans la moindre ironie, je n'ai plus le fric...

Zé raccrocha illico en pensant mon œil et il est vraiment trop con ce mec et faudrait pas me prendre pour un cave et en plus il est barjo de me raconter telles histoires à la morlamoi-chérie-si-t'es-pas-anthropophage.

Simon raccrocha aussi, l'air rêveur en surface mais ça n'était qu'une attitude car il n'avait strictement rien à songer, dans sa tête, c'était comme un brouillard, un peu comme si il faisait de la buée à l'intérieur et qu'il puisse pas y faire avec son doigt de jolis dessins, ce qui en définitive est une bath image littéraire mais pas anatomique pour un rond.

Il alla chercher un litre de lait dans le réfrigérateur et donna à boire à la chatte. Étant ami des bêtes, il avait bien un peu envie de l'étrangler parce qu'il savait que les animaux abandonnés, c'est une drôle de souffrance pour eux, mais il se retint, boucla ses étuis de ceinture, fit monter une balle dans le canon du Smith & Wesson. Il reprit le téléphone et composa un numéro de province.

— La seule solution, conclut-il après avoir

bien expliqué l'histoire à son correspondant, c'est de buter Zé et Rabi. Ils me laisseront jamais en paix sans ça.

C'était son frère à qui il causait ainsi. Son frère était nettement moins con que lui, quoique plus jeune. Je peux en causer parce que son frère, c'est moi.

— Tu vois, je dis à Thérèse qui était arrivée une petite demi-heure auparavant, ce garçon-là finira sur l'échafaud.

III

Je n'ai pas en excessive part le culte de la famille, on l'aura aisément compris ; mais pas plus le style « famille je vous hais », ben dis donc la réification, j'imagine simplement que je n'ai rien à voir ni avec mes frères, ni avec mes sœurs, que seule une malheureuse coïncidence nous a fait naître des mêmes parents. Je n'ai surtout rien de commun avec ce grand andouille de Simon qui joue aux truands comme on jouait aux coboilles et aux Indiens dans notre enfance, avec une pelle en guise de winchester et des morceaux de branches de platane comme pistolets.

Et puis Thérèse, je l'ai connue avant lui, je lui aurais même un peu collée dans les pattes que ça vous étonnerait pas. Forcément, bandit, je sais le faire autant que lui, on sort de la même école et de toute façon, je vais pas vous emmerder avec notre jeunesse et puis tous les chagrins, les horribles coups de gueule et de schlague, maintenant, on lit, on connaît le processus et pis la Société elle est vachement coupable et pis hérédité et pis viens chez moi je te ferai voir mon chromosome et pis ma brave dame je vous en mets combien de culpabilité si ça gagne pas ça débarrasse.

— Tu crois qu'il va le faire ? demande Thérèse.

— Buter Zé et Rabi... Ouais, vieux garçon, j'en suis certain, tellement que je vais monter à Paris pour l'aider, c'est d'ailleurs pour ça qu'il téléphonait.

Thérèse avec moi est artiste jusqu'à ce que ça m'énerve. Le côté chignon et presque bonnes œuvres, je le supporte pas, elle sait et quitte ses oripeaux connards dès qu'on se retrouve. Je trouve rigolo que deux frères puissent avoir d'une femme un aspect ambivalent : dès que j'ai vu Thérèse dans un cabaret où je disais des poèmes, j'ai senti qu'il y avait de la braise dans l'iceberg. Simon a été attiré par la retenue, le côté réservé. Thérèse est une chienne et elle le sera pour quiconque déboutonne sa braguette comme s'il défouraillait.

— Tu crains pas qu'il devine ?

Qu'est-ce que je vous disais ! Les petites bêtasseries qui reprennent le dessus chez elle, la fausse analyse blécharde. Il est très heureux que je sois un méprisant. La sacoche est sur le lit, ça a été l'offrande au coup tiré dès son arrivée.

— Il ne devinera pas (je dis ça comme une bénédiction) tant que je ne lui en donnerai pas l'occasion. Aurais-tu peur de lui ?

— Oui, elle avoue, il me flanque les jetons d'être tellement inconscient. Je suis sûr qu'en ce moment, il ne me hait pas, ce que je trouve beaucoup plus inquiétant que s'il se faisait un numéro de code d'honneur et j'ai été repassé par une nana et je laverai l'outrage que dans le sang ou qu'on me les coupe.

— J'espère que tu plaisantes, je dis, Simon est une petite gouape sans surface, je lui aurais appris, si j'étais l'aîné, que dans un coup à cinquante briques chacun à son pied, on ne cause de cela à personne, même pas à son frère.

— Tu vas le tuer, n'est-ce pas ?

Je tire sur la boucle de son déshabillé. Quelle que soit mon indifférence à l'égard de Simon, ça n'est pas une chose à débattre en présence d'un étranger. J'ai deux frères et quatre sœurs, les uns sont casés, les autres tapinent ou cambriolent ou trafiquent. La proportion est égale, pour ma part, si j'ai choisi l'illégalité, ça n'est certes pas pour assumer un destin social en forme de fatalité. Je vole parce que ça me paraît la seule solution intelligente de vivre, je n'en fais pas un folklore comme Simon qui brûle par exemple d'être arrêté pour voir son nom à la une des journaux, style à faire frémir, mais ça, je vous apprendrai rien, c'est une réaction infantile par rapport au sexe et à propos de sexe, le déshabillé soie de Thérèse vient de glisser au sol, j'ai mes mains en conque sur ses seins blancs, blanc-seing pour une épreuve voyageuse qui peut que me laisser gagnant.

— Je suis un peu attachée à lui, tu sais.

Et voilà, encore perdu, décidément, ces choses du trou du cul me laisseront toujours perplexe. Simon est grand et beau, l'air conquérant, je ne comprendrai jamais pourquoi il a tant de problèmes avec les femmes, ça doit tenir à cet air ramassé et aux doigts courts et épais, cette forme trapue de méchanceté brute qui lui fait braquer les consciences.

Le matin est sur la ville de province (il n'est vraiment pas utile de la situer), c'est l'automne, alors les petits enfants des écoles ramassent les feuilles jaune-marron pour les premières séances de dessin à l'école, parfois il pleut et parfois il fait soleil et souvent les deux en même temps. En dessous de nous, dans la salle du cabaret, l'orchestre répète. Je me souviens que j'ai promis de voir ça et que cet après-midi, je dois auditionner pour de nouvelles attractions. Dome s'en occupera.

— Mon frère viendra ce tantôt pour s'occuper d'auditions. Tu ne bouges pas, il ira sûrement dans le bureau à côté, mais il ne rentrera pas ici.

— Tu vas vraiment à Paris ?

— Si tu vois une autre solution...

En bas, l'orchestre joue « Stranger in the night », ce qui reste un excellent morceau pour pousser au champ' allez savoir pourquoi mais mes statistiques sont là, certaines musiques sont propices à l'oubli, et l'oubli, ça vous fait penser à négliger le commun de la vie, l'intendance, à boire le geste haut avec de jolies poupées.

— Simon m'a dit au téléphone qu'il avait eu des ennuis. Il t'a mise au courant ?

— Non. Il m'a simplement dit qu'il était recherché et il m'a fait voir ses deux pistolets dans la ceinture.

— Deux ? Pfuit, il se refuse rien. Si le ciel lui prête vie, je ne désespère pas de lui voir sortir un jour une 12,7 de sa pochette et un bazooka de sa culotte.

— Il est dangereux, je te jure.

Je passe un doigt négligent du haut de son front jusqu'à son sexe, comme si je traçais un pointillé pour préparer, en illusion, le tour de la femme coupée en deux. Elle frémit et je ne sais à propos de quoi. Mon frère tueur ou l'érotisme ?

*

Simon resta toute la matinée dans l'appartement de Thérèse. Il fouilla partout, décrocha les tableaux, gratta dans la queue du piano. La chatte s'était recouchée et le regardait sans surprise aller et venir, mettre son nez fruste dans les affaires de Thérèse. Il espérait pouvoir deviner où elle avait pu partir. D'après la correspondance, elle avait de la famille dans les Landes, mais tellement d'amis un peu partout que la plus infime divination quant à son refuge aurait relevé du prodige. Simon s'interdisait de lire les lettres dont certaines étaient d'amour. Il regardait juste l'adresse et la notait sur un carnet. De même, tout ce qu'il dérangeait, il le remettait en place. Ce studio, c'est bête, hein avait un côté sacré.

— C'est pas de sa faute, il disait à la chatte, elle a vu l'argent et elle a pas pu s'empêcher de le prendre. Remarque, forcément, c'est une artiste, ç'a pas le sens moral de tout le monde.

Comme il la caressait tout en causant, la chatte faisait « rrron-rrron » et ça ressemblait un peu au « hon » de Maïa qui s'appelait en réalité Denise, mais à mon avis, il aurait pas fallu raconter ça à Simon, ça lui aurait fait de la peine.

— Je la vois très bien, continuait Simon,

avec le fric, elle fonde une communauté d'artistes, mais des vrais artistes sérieux, n'est-ce pas, pas des hippizes craspects, c'est dans un pays chaud, ils sont bien, ils font pousser des poireaux dans le jardin et ils se baignent tout nus dans la mer.

— Rrron-rrron !

— Bien, ils font de la poterie, ils chantent sous le soleil c'est bien gentil mais je serais avec eux que ça serait beaucoup mieux, surtout s'il y en avait un qui lui manquait de respect à Thérèse, que je lui ferais cracher ses quenottes. Mais comme ça serait moi en somme qui aurait donné le fric, tous ils me respecteraient et elle aussi, ils lui dédieraient des poèmes.

De penser à la poésie, ce qui était pas très courant chez lui, Simon arriva à son frère Xavier. Un drôle de mec, imprévisible, il écrivait des machins bizarres, ça rimait même pas comme les récitations à l'école, mais c'était des machins qu'on pouvait pas expliquer, des machins qui faisaient des trucs dans la tête et puis dans la colonne vertébrale et puis dans le ventre. Un gamin, Xavier, mais vraiment l'étrange mec, truand qu'avait pas suivi la filière ordinaire, qui causait pas comme les autres et ça fait qu'on le comprenait pas toujours.

— Tiens, dit Simon à la chatte qui montrait son ventre pour qu'il le lui chatouille, un exemple : ce coup de la Poste à Nantes, je lui ai proposé d'en faire partie, d'ailleurs à la place de Richard, il aurait pas défouraillé pour un rien. Eh bien, il a rien voulu savoir, il le sentait pas ce braquage, qu'il disait, alors il s'est gouré, hein, parce que tout a marché comme sur des roulettes.

La chatte disait pas non, mieux, elle semblait encourager le débit des couennes en poussant son museau contre le bras de Simon. C'est sûr que les chats ça a comme une conversation pour les vieilles gens qui sont seules ou peut-être bien c'est qu'ils réclament à briffer.

— Xavier, il a acheté une boîte dans la ville où on est nés. Parfois, il vient y réciter des poèmes à lui, les clients qui sont venus pour la zizique et les mousmées, ils ont vachement pas intérêt à renauder, je te dis que ça, virés secco autrement. C'est une sorte d'artiste dans son genre, le Xavier, comme ta maîtresse, tiens, ça serait marrant que je lui présente Thérèse à mon frangin, il verrait que je fréquente pas que des pouffiasses à cent sous l'oigne...

Le téléphone sonna. Ce pouvait être Xavier à qui il avait donné le numéro de sa cachette, ça pouvait être autre chose. Il décrocha ; un copain de Thérèse qui voulait l'inviter à dîner. Simon prit la voix de l'homme en place, dit que Thérèse était absolument pas libre et que c'était pas la peine de laisser un message. Vraiment Monsieur.

Il laissa le mec en plein milieu d'une phrase sur l'automne à Katmandou et reposa la corne. Il s'ennuyait de la conversation avec le greffier et attendait avec impatience que Xavier arrive pour la petite promenade de santé chez Zé et on pouvait bien supputer que la santé après ça serait pas pour tout le monde ou alors la Santé ou alors Cusco ou alors la morgue mais mon cher la vie vaudrait pas d'être vécue si qu'on n'y mettait pas un brin de piment. Piment 9 mm court et .38 spécial à vous emporter la gueule en mille morceaux.

— Rrron-rrron !

— Maïa, ça devait être la chouette fille, tu vois en général, les grosses, c'est tout l'un ou tout l'autre, si tu veux mon avis : vachardes ou bien gentilles, remarque, chat, c'est comme les maigres.

Simon avait fait son apprentissage de la mort : Enrico-la-Limace ou toute la dentelle du plastron déchiquetée, Maïa la pétasse avec ce bide scié par la rafale, le sang et les viscères qui coulaient doucement vers la toison, faut que ça plaise, des histoires de cauchemar mais il y a une clientèle pour ça, des qui auraient bien voulu être là au guet des soubresauts lombaires. À vrai dire, mon pote, Simon avait déjà tué mais ça ne comptait guère : un encaisseur récalcitrant, c'est comme un accident du travail et en somme, les années de sapement qu'on pouvait récolter pour un tel motif auraient dû être remboursées par la Sécurité sociale mais c'est bien connu on fait rien pour le petit artisanat en France tiens je vais chez Nicoud.

À midi, Simon ouvrit des boîtes de conserve non sans éprouver un léger remords de pas demander la permission à Thérèse. Il nettoya ses armes en pensant à Zé avec la tendresse du chasseur pour le repeuplement cynégétique. Zé habitait au-dessus du magasin de fleurs que tenait sa femme, dans le 15e. Savoir s'il composait de savants bouquets le Zé, c'était marrant mais pas indispensable pour la mise en scène de sa mort.

— Tu vois, minette (laquelle briffait avec lui sur la table), Zé on devrait l'avoir les doigts dans le nez parce qu'on sait où le loger. Pour Rabi, c'est pas le même taf. Quand il sort des champs de courses, il sait jamais où il va aller. C'est un instable.

— Rrron-rrron !

Le signal des frères Mercourt résonna au timbre de la sonnette et frappa droit au cœur de Simon.

— Gentil... apprécia Xavier (j'étais sincère et d'ailleurs je ne connaissais pas le studio de Thérèse).

Cela alla droit au sentiment de Simon qui le portait à gauche dans sa poitrine ou à droite en entrant et qui le parait volontiers d'une flèche avec des initiales autour.

— C'est l'appartement de ta salope ? je demandai.

— Cause pas comme ça, dit Simon, elle s'est pas rendu compte, c'est une artiste.

*

Chrysanthèmes, géraniums, dahlias. La Toussaint approchait et on sarclait les tombes. En délégation, les familles iraient ensuite penser qu'on est peu de chose au fond, allez, les gamins rageraient biscotte les merveilleux espaces verts où on pouvait pas courir, chanter, danser. Au cimetière des chiens, la floraison serait belle aussi.

Même Zé d'un geste léger éparpillait du terreau aux nuances sable dans des pots. La fleur, c'est joli, on peut pas dire, mais ça donne bien du souci. Monsieur Zé en ses périodes horticoles portait un œillet à la boutonnière, un discret. La fleur, Monsieur, c'est pas ce qu'on croit, amour-toujours et leur langage mièvre. L'apprentie fleuriste, qui admirait *tellement* Monsieur Zé et son élégante nonchalance, oublia un moment les serments colorés. Les fleurs, ça a aussi un côté douloureux, si vous voyez ce que je veux dire, faut pas oublier les gerbes mortuaires, les roses noires que des amants infiniment délicats envoient par douzaines à la fin d'une tumultueuse liaison. Et la Toussaint : chrysanthèmes, géraniums, dahlias.

— Tu me monteras une camomille, dit Monsieur Zé à Madame. Avec un cognac.

*

C'était l'automne. Mélancoliques, les derniers tickets allaient tomber à Longchamp et n'en finiraient pas de mourir. Rabi prit un loche d'Auteuil où un gail nommé Galure et qu'il avait élu pour le côté argotique et élégant de la chose l'avait cruellement déçu. Il n'était pas encore au courant du coup de téléphone qu'avait reçu Zé au matin concernant le changement de poche du butin.

D'ailleurs, pas plus que son acolyte, il n'y eût cru.

D'ailleurs, Rabi ne croyait que ce qu'on voulait bien lui suggérer et ça dépendait si l'insinuation courait sur terrain lourd et si à cheval donné on regardait pas à l'handicapeur.

— Je vais voir Zé, dit-il au compteur.

Comme le compteur montrait une mauvaise

volonté évidente dans la compréhension, il donna l'adresse du magasin de fleurs au chauffeur

IV

Quand on est mômes, on s'embrasse pas entre frangins : on se voit tous les jours, vous comprenez l'intérêt ? Bon. Après, on devient grand — c'est comme ça qu'on dit —, on s'éloigne tous plus ou moins et quand on se retrouve, on sait plus se dire bonjour et on s'emmerde aux premières secondes.

— T'as fait vite, dit Simon.

— Y'avait pas trop de circulation, j'explique en oubliant de me marrer trop franchement au coup de « c'est une artiste » que m'a balanstiqué froidement Simon.

Voilà un gniace qui vient de se faire passer de deux cents briques (DEUX CENTS BRIQUES ! ! ! et qui émet des considérations sur l'âme distinguée de son argougneuse. Il me sidère, mon grand frère, j'ai vraiment l'impression d'appartenir à une autre époque que lui, pourtant il n'a que vingt-sept ans, trois de plus que moi. C'est dans ces moments-là que je soupçonne fortement notre gentille maman d'avoir fauté avec un mutant en ce qui me concerne.

— Ça marche tes affaires, là-bas ?

— Ça va, ça reprend.

Après les folies financières estivales, le temps qu'ils reprennent leur souffle, les caves reviennent en effet à nouveau. C'est la saison, je crois, qui leur fout du vague-à-l'âme, ils se mettent dans leur tête à eux un « Grand Meaulnes » (pas de provocation) à base d'humus sentimental, de petite enfance solitaire et incomprise, tout ça autant de gagné pour la bonne pute qui sait jouer Yvonne de Galais au naturel.

— T'as apporté du matériel ?

Il a, je le sens, la trouille d'avoir à refiler un de ses flingues. Il veut se faire sa légende avec ses rigoustins, genre : « Simon-les-deux-feux » ou « Simon-tire-deux-fois ». Je le rassure.

— Un fusil de chasse à canon scié dans ma voiture.

Ça le fait rigoler, il a bien tort ; mon arme est autrement plus opérante que leurs calibres, moi quand ça part (et à la chevrotine), ça éparpille tellement dans tous les sens qu'on ne peut en aucune manière rater la cible. La crosse est sciée aussi, ça fait quelque chose comme cinquante centimètres, ce qu'est pas incachable sous un imper et fait toujours la joyeuse surprise. Moi, je sais bien pourquoi ils tiennent tous à leurs brelicas, c'est à cause du cinoche, la posture élégante pour défourailler rapide, une séquelle des ouesternes renouvelés Melville. Las ! Ils verraient de vrais tireurs « à l'instinctive », du poulet virtuose comme Sasia, ils déchanteraient sur l'élégance, mes truands mignons : cul en arrière ainsi qu'une poule qui va pondre, accroupi comme un crapaud, les deux bras tendus, la plus pratique position a rien de rien d'esthétique. Illuses.

— On peut le cueillir quand, ton oiseau ? je m'enquiers.

— Zé ? Oh, il bouge pas des masses, c'est de la fleur en pot, surtout le samedi, il reste chez lui.

— Et l'autre, l'Algérien, tu as son adresse ?

— Non, mais d'une, sans Zé, il est bon à nib, et de deux, on fait tous les champs de course et on arrivera bien à l'alpaguer.

Simon qui est tout brut discerne chez son frère une ch'tite lueur de faux-jetonisme. Il a beau se prétendre que c'est le trac (ces artistes !), il n'arrive pas à se convaincre. Il se renseigne :

— T'as les jetons ?

— Non, je dis très vite et c'est vrai, mais tu

avoueras que me mouiller à fond pour une histoire qui ne me regarde en rien et dont je t'avais prévenu qu'elle était foireuse, ça peut guère laisser de place à l'enthousiasme.

Simon admire comme son frangin il cause bien, il admet. La chatte s'est tirée, elle a bouffé, alors Simon ne l'intéresse plus. Xavier, hypocrite fini, demande :

— Et comment tu comptes retrouver le fric qu'elle t'a chouravé ?

— On verra ça après, pour le moment, ce qui compte, c'est de faire taire les grandes gueules qui m'en veulent.

Je suis curieusement impressionné par le ton d'aînesse que Simon a pris, cette espèce de détermination implacable mais qui laisse une large place au pardon des offenses, en tout cas en ce qui concerne Thérèse. Pour les deux autres, l'instinct de conservation commande et c'est tout et c'est déjà pas mal, un côté fauve que je n'ai pas, trop souvent occupé à jongler avec des mots et des présences.

Elle avait raison, Thérèse : ce tordu arriverait facilement à flanquer les foies.

*

C'est un peu rigolo le nombre de nanas qui se prennent pour d'autres, qui refusent d'être elles-mêmes par on ne sait quelle alambiquée volonté. Dome venait d'entendre (on ne pouvait parler d'écouter) trois Mireille Mathieu, une Sheila, deux Dalida.

— Merci, Mademoiselle, c'est très bien, mais vous n'entrez pas tout à fait dans le cadre de notre programme.

Ce qui veut dire en bon français :

— Va te faire foutre, eh conne, tu m'intéresses pas, t'intéresseras jamais personne et t'as même pas d'avenir dans le tapin sinon je t'aurais bien prié de venir m'en tailler une petite.

Dome était le plus jeune des frères Mercourt, vingt ans légèrement passés, une grande goule sympathique avec de la gentillesse partout étalée comme une crème de gruyère sur un pain de campagne. Il envisageait pas très sérieusement le truandage, ou alors comme un violon d'Ingres, au même titre que d'autres font des maquettes d'avion ou de cathédrales en allumettes. Il n'avait jamais participé à rien, un peu comme si ses grands frangins avaient voulu le préserver de quelque miasme sournois qui eût pu altérer sa belle santé morale. Xavier était du genre réservé avec lui, ne sachant sur quel pied danser, sans doute parce qu'il n'aimait pas les rires énormes et bruyants de Dome et puis ces façons qu'il avait, d'autres fois, de paraître réfléchir avec bonhomie sur les gens. Simon, au contraire, gobait parfaitement son frère, il lui racontait les histoires les plus invraisemblables et Dome, sans avoir l'air d'y croire, se marrait avec lui. Dome était sûrement le seul à connaître la classification des femmes en bonbons et ç'avait même paru l'intéresser.

— Suivant.

Un jongleur qui n'avait jamais dépassé les trois balles malgré son âge canonique. Par humanité, Dome lui laissa faire toutes ses petites bêtises jusqu'au bout, supputant distraitement l'immense hilarité qui empoignerait les clients si ce vieillard arrivait à monter sur scène.

Dome aurait bien voulu être le seul responsable du Cabaret. D'abord, il l'aurait changé de nom : « Le Fleuve impassible » c'était certainement ringard pour une boîte à striptize de province. « Poétique » au fronton et en lettres néonées, excessif. La facile propension qu'avait Xavier à faire chier le consommateur avec ses textes débiles, tout ça Dome aurait balancé à la ferraille. Faut savoir, il pensait : ou du cul et alors là, franc, honnête, ou alors du Bruand mais foutre le corps de ballet à paillettes à la lourde et cracher sur les entraîneuses.

— À vous, Mademoiselle.

La Mademoiselle ne manquait pas de grâce, c'est certain, mais on sentait trop le Conservatoire dans son décarpillage, je regrette, Mademoiselle, dit Dome, mais le loilpé sur pointes, ça n'est décidément pas bandant, au revoir mâmoiselle, fini pour aujourd'hui, j'ai des crampes dans la mâchoire, c'est bien triste la vie d'artiste.

— À dix heures ce soir ? demanda en espérant un démenti le pauvre guitariste qu'avait délégué l'orchestre pour l'accompagnement des auditions.

Dome hocha vaguement la tête. Ça faisait un petit bout de temps qu'il entendait des bruits de pas au-dessus, dans la chambre de Xavier. C'était certes pas la première fois que le propriétaire du « Fleuve impassible » — vous parlez d'un nom cave ! — ramenait une ponette au logis, mais en général, il prévenait Dome. Xavier était parti sur le coup d'onze heures, sans trop expliquer pourquoi mais Dome savait qu'il était question de Simon.

— S'est encore niché cet abruti dans une histoire à la noix !

Par pure curiosité mâle, Dome s'engagea dans l'escalier qui menait au premier, là où étaient les appartements de Xavier, le bureau directorial dont il avait la permission d'user et une petite chambre où il couchait parfois quand il n'avait pas envie, après le spectacle, de rentrer dans son studio en ville. Il entra dans le burlingue, les bruits cessèrent illico de l'autre côté, dans ce qui était la piaule de Xavier.

— Rigolo ! émit Dome, il cache des choses le frangin... Une femme du monde ?

Il se risqua pas à entrer. Ça pouvait faire un schpountz du tonnerre si Xavier l'apprenait. Il se méfiait salement des colères blanches du cadet des Mercourt. On l'appela d'en bas :

— M'sieur Dome, le député !

Dome descendit vivement : le député venait voir si sa folle était là et sa folle était le barman, la folle à tout le monde d'ailleurs, parce que dans une boîtouze, il faut vraiment pas mettre tous les œufs dans le même panier de crabes.

Le barman était pas arrivé mais le député paya quand même le coup. Au mâle sur le compte de la maison. On voyait jamais le député le soir pendant le spectacle, mince alors, on dirait que les godillots sont lourds dans le S.A.C. et qu'ils ont appris à être prudents ! Le député laissa un paquet enveloppé dans du papier Kraft pour Sacha le barman.

*

— Tu crois pas qu'on ferait mieux de lever une bagnole plutôt que de prendre la tienne ? me demandait Simon sur le pied de guerre.

J'avais mangé rapidement de deux œufs sur le plat avec un morceau de jambon. Mes prévisions quant à la faculté qu'avait Simon de se transformer en gentil arsenal s'étaient réalisées ; outre ses deux flingues à la ceinture, il avait accroché une grenade défensive à l'intérieur de son pardessus, je me demandais bien où il avait pu la trouver.

— On prend la mienne, on la garera plus loin et on ira à pied jusqu'à son magasin.

Simon était déçu ; pour le panache, il aurait presque souhaité la chourave d'une voiture de pompier avec la grande échelle, arriver au son de l'avertisseur devant les fleurs à Madame Zé, flinguer Zé d'un coup de lance d'incendie et recueillir les larmes de la veuve dans le casque du capitaine. Enfançon.

Je me méfiais surtout extrêmement du manque de bol de Simon, et puis ça faisait trop d'aléas et puis quand on fauche une voiture on est obligé de laisser le moteur tourner parce que pour redémarrer, il faut replonger sous le capot pour coller un fil du + de la batterie au + du démarreur, enfin je vais pas vous faire un cours, il y a déjà trop de délinquance et que tout ça, Madame, ça vient des mauvaises lectures et des spectacles qui engendrent la violence et que je serais au pouvoir, moi Monsieur qui vous cause, je te leur en foutrai du *thriller*, les cheveux à ras et dans le Larzac comme cible vivante que ça te vous leur ôterait toutes velléités agressives, enfin pour voler une voiture, c'est compliqué et chiant et croyez jamais les zigues qui ouvrent une portière avec le gros bout d'une lime à ongles et vous feriez mieux de vous les curer vos ongles, tiens.

— S'il est pas dans le magasin ? je demande.

— On montera à ses appartements, dit Simon, c'est pas sa mémé qui pourra nous en empêcher.

J'y vois le joli poème à faire avec le machin du sang (rouge) qui coule goutte à goutte sur des roses (blanches) tiens ma jolie maman, un chargeur dans le buffet et deux cartouches à chevrotines dans la gueule à ce Zé trop cave pour garder son butin et pour se le faire chouraver par un ringard comme mon frère, brave tête mais mauvais cœur et alors bon on s'en va en montant normalement dans mon ID 21 noire avec des bons papiers normaux et une clé de contact et même un Neiman, si on veut me la faucher, tenez, fumez, c'est du wallon.

Grippé par l'horrible virus intellectuel, je ne pus m'empêcher de demander à Simon :

— Ta nana, cette Thérèse, qu'est-ce que ça te fait qu'elle ait fiché le camp avec ton fric ? Et si tu la retrouves, qu'est-ce que tu feras ?

— Xavier, qu'il m'a répondu comme ça avec un sourire crispé que je ne lui reconnaissais pas, tu comprendras que c'est mes oignes et que même à un frère, il y a des choses dans le sentiment qu'on peut pas cracher.

Puis, alors que les douaniers en complet élimé du samedi après-midi nous eurent laissés franchir sans difficulté les frontières du quinzième arrondissement, il me dit ce truc qui me laissa sur le cul, tant ça paraissait improbable de Simon qu'il puisse émettre une parabole :

— Les femmes, c'est pas comme les bêtes sauvages : on n'a jamais vu de femmes savantes...

*

Fougères, anémones, dahlias, chrysanthèmes.

Rabi vit tout cela qui emplissait le magasin de son vieil ami Zé comme un enterrement de première classe. Son esprit d'artificier soupesa un moment la possibilité et le rendement qu'il y aurait à piéger les pétales. Le loche qui savait à peu près qu'Yves Saint-Martin était un bonhomme qui grimpait sur des steaks tartares se trouva gratifié d'un bon pourboire et d'une bénédiction d'Allah tout à fait hypothétique, Rabi ne pratiquant plus la religion depuis qu'il avait découvert le beaujolpif. Rabi fronça les sourcils : zigzaguant entre les voitures pour traverser, il lui avait semblé reconnaître une silhouette familière.

J'étais déjà sur le trottoir et Simon arriva presque en vol plané, les deux mains sous le pardessus.

— Tire, il crie, c'est Rabi ! Là !

L'Arabe qui sortait d'un loche fut cueilli un peu bas, à la jambe je crois par les premières balles qu'envoya mon frère à plat ventre dans le caniveau. Il bascula derrière une voiture en stationnement et riposta aussitôt. Du gentil calibre à ce que je vis quand le grassouillet cuisinier en tôle peinte derrière lequel je m'étais réfugié fut percé au menu par une bastos. J'avais détaché le mousqueton qui tient mon fusil par un anneau sous mon imper. D'habitude, je tire à travers, mais là, avec l'effet de surprise raté, c'était pas la peine d'esquinter mes vêtements.

À son deuxième chargeur, Simon réussit à complètement descendre toutes les vitres de la voiture qui abritait Rabi. Dans la rue, les gens couraient, d'autres cherchaient les caméras et pourquoi qu'on leur faisait faire de la figuration gratis, hein ? Une balle claqua à mes pieds. Elle venait d'en haut, pas possible autrement. À la fenêtre au-dessus du magasin de fleurs, le volet de fer bougea légèrement.

— Zé, à sa fenêtre, j'avertis Simon qui s'occupait maintenant la main avec son Smith et Wesson, il nous prend à revers !

Il fallait, ouais shérif, nous en sortir. Bel et

bien coinçarès qu'on était, n'y avait qu'à attendre les poulets et la gentille fête familiale et plein d'entrain pourrait commencer, avec la participation exclusive des Mercourt Brothers dans leur numéro de têtes à claque.

Je pouvais même pas comme, je le confesse, j'en avais eu l'intention, profiter du grabuge pour loger une décharge dans le crâne de mon grand frérot. Il fallait s'en dégager du rodéo et on n'était pas trop de deux tellement c'était mal barré.

— Occupe-le, je dis à Simon en parlant du crouillat, je vais le contourner.

— Fais gaffe à Zé, il a eu le temps d'apprendre à compenser sa position.

De Zé, Simon risquait rien, il était allongé dans un angle mort. Je quittai mon cuistot amoché, et m'élançai sur la chaussée ; il y avait belle lurette que les bagnoles s'étaient toutes arrêtées en un magnifique embouteillage des deux côtés. Je traversai la rue, tout le monde me regardait sans comprendre, de parfaits naïfs disaient que j'étais Trintignant et d'autres miros que non, décidément, j'étais Delon.

Je me glissai derrière la file des voitures en stationnement, de l'autre côté de la rue. Le Rabi n'avait sûrement pas vu mon mouvement, il avait intérêt, avec la quantité de plomb que Simon balançait dans la nature, à garder son nez au niveau des pare-chocs. Mais le fumier Zé m'avait repéré, lui.

— Rabi, il hurla, fais gaffe, on te déborde !

Trop tard pour Rabi. J'étais arrivé à sa hauteur, et à travers toute la largeur de la rue, j'appuyai sur les deux détentes à la fois, presque sans viser, le fusil atrophié à bout de bras.

Des vitrines volèrent en éclat mais il prit quand même le gros de la décharge sur tout son côté gauche. Tête voile rouge, petits boulets qui fracassent les côtes, ah, mon zami, frappe au cœur si t'es au coran. Il n'eut pas à tomber de bien haut et c'était mieux ainsi : arrangé de telle sorte, un homme debout fait guenille.

— On décroche !

Je me mis à courir tout en rechargeant les deux canons du flingue. Heureusement, la voiture était garée plus loin, au-delà du gigantesque bordel de bagnoles bloquées, claquesonnantes, enchevêtrées. Simon me suivait, apparemment, Zé avait renoncé à canarder, probable qu'il trouvait maintenant qu'il s'était un peu trop fait remarquer dans son quartier.

— Tu parles d'un truc ! souffla Simon une fois la portière claquée.

— T'en voulais du cinoche, je dis sèchement, de la vraie petite guéguerre. Te plains pas, t'en as eu.

Les gens couraient vers ce qu'ils croyaient être un bel accident de la circulation, personne n'avait essayé de nous suivre, j'en étais certain, et quant à notre signalement, je défiais le flic le plus futé d'en dresser seulement le quart avec le bigntz terrible que ça avait été et puis en définitive, la rapidité de tout ça : deux, trois minutes.

— On retourne rue Quincampoix ? je demandai.

*

Simon opina en silence, l'air un peu traqué. Il enviait le calme détaché de son frère. S'il avait su quelle inextricable pelote de nerfs noués se cachait là-dessous.

Fougères, chrysanthèmes, anémones, dahlias. Et Rabi comme un bath coquelicot dans un oued-caniveau desséché.

Bon et puis alors, c'était la fin de Rabi et de son manque d'opinion. Ceux qui n'ont pas d'opinion sont un peu comme ceux qui sont faibles des bronches. Mettez une petite laine à votre opinion.

À Longchamp, l'âme de Rabi en bée d'aise, les chevaux repliaient leurs jambes sur les litières fanées, s'enroulaient avec leurs jockeys et se préparaient à hiverner.

— J'aurais préféré qu'on chope Zé, dit Simon en rechargeant ses armes. En plus, maintenant, il va drôlement se la donner.

— On l'aura... comme les autres, murmura Xavier.

V

Thérèse s'était retenue de bouger quand elle avait entendu du bruit dans la pièce à côté. Elle aurait bien voulu sortir, surtout elle aurait aimé voir la tête qu'avait le troisième fils Mercourt. En l'absence de Xavier, elle se remettait son masque hiératique, elle avait tiré ses cheveux en une longue queue et ses traits étaient durs. On se fait toujours un visage pour quelqu'un et là, vachement inconsciemment, elle était avec Simon, un Simon agité et mythomme qui courait en tous sens comme si ç'avait une quelconque importance, d'autant que, le pauvre, il avait les yeux bandés et on cherchait à le pousser dans un précipice.

Par la fenêtre et même plus loin, c'était la rue et Thérèse regarda la rue et les gens qu'il y avait dedans et même, il y en avait sûrement ailleurs mais le soir tombait et on ne pouvait pas embrasser des yeux la rotondité de la terre.

Elle mit la main sur un paquet de feuilles glissées sous le lit. Des textes, des poèmes de Xavier, d'une écriture nette et serrée, sans une rature, tous signés et datés qu'on aurait cru autant de testaments. Elle lut :

« La lumière éclate
Pyromane du plaisir
Le machiniste éclaire
La salle diabolique... »

Tout était à peu près de la même eau : violent et coloré et ça ne ressemblait pas beaucoup à ce qu'elle connaissait de Xavier et c'était comme si Xavier s'était toujours caché et à cause de cela, elle se mit à le détester et quand on écrit des poèmes comme ça on tue pas son frangin et l'argent, ahlala, qu'est-ce qu'on en a à faire et on s'en va aux Seychelles qui sont des îles très paradisiaques avec de grands bungalows tout blancs et des nègres qui vous mettent du coton entre les doigts de pied pour pas que vous vous fassiez mal en marchant sur les oursins et en tout cas, j'ai soif, moi, et je vois pas pourquoi je resterais enfermée ici.

Elle arrangea ses cheveux, passa un tailleur trop strict et descendit l'escalier qui menait à la salle, par une petite porte qui débouchait près de la scène. Elle ne vit personne et poussa jusqu'au bar. Le député était parti ; Sacha le barman était arrivé. Dome à une table étudiait avec un sérieux louable la feuille jaune des impôts locaux. Il leva vivement le regard quand Thérèse entra. Il pensa un moment qu'elle quêtait pour les aveugles ou qu'elle venait lui vendre *La Cause du Peuple* et tout ça c'est bien du pareil au même.

— Bonjour, dit Thérèse en s'asseyant à côté de lui alors qu'il se levait, vous êtes Dome, n'est-ce pas ?

Dome en convint bien volontiers, il ajouta même qu'il s'appelait en réalité Pierre-Dominique, Pierre à cause de son parrain qu'il n'avait jamais connu et qui était mort dans une petite opération de police qu'il y avait eu autrefois en Algérie.

— Je pourrais avoir quelque chose à boire ? demanda poliment Thérèse qui informa aussitôt après Dome qu'elle s'appelait Thérèse.

Dome commanda à Sacha une bouteille de champ', c'était pas tout à fait l'heure et il ne voyait pas très bien ce qu'ils étaient en train de fêter mais comme il était embêté, il fallait s'en tirer par la désinvolture.

— On pourrait faire connaissance, dit-elle à un Dome de plus en plus embarrassé à cause de son frère.

— Santé, dit le jeune Dome en levant son verre.

*

Zé avait quitté presto son appartement au-dessus de la boutique de fleurs. Pour de multiples raisons, il ne tenait pas à remettre de sitôt les pieds dans le quartier. Il embrassa avec tendresse Madame Zé, profita ensuite qu'elle avait le dos tourné pour flatter la croupe de la vendeuse et sortit tranquillement dans la rue, une valise à la main. Dans la rue, c'était le bordel, des dizaines de badauds entouraient le car des flics qui relevaient des identités et traçaient des machins à la craie sur la chaussée. Quand Zé passa, un témoin montrait a un poulet en civil la fenêtre de son appartement. Zé pensa qu'il avait le nez creux. Zé monta dans un taxi.

— Rue La Boétie.

— Ski se passe ici ? demanda le chauffeur avec une mine gourmande.

— Bah, un type qu'est passé sous une voiture...

— Les gens sont pas prudents, dit le chauffeur.

Après avoir quitté le loche, Zé marcha deux cents mètres et entra par une porte de côté dans un club privé. On fourbissait les alcools et

Richard regardait ça comme un Saint Sacrement. Richard avait participé au coup et avait tué, comme Zé, un postier. Ce sont des choses qui rapprochent. Il fit un petit signe à Zé et l'entraîna dans une pièce voisine où il n'y avait rien d'autre qu'une issue de secours avec son œil lumineux. Zé posa sa valise et s'assit dessus : il avait cinquante-sept ans et le cœur tarderait pas à lâcher. Dans la valise, il y avait un peu de linge de rechange et un M. P. 40 avec sa crosse repliée, une dizaine de chargeurs sparadrapés tête-bêche par paire et un million en liasses.

— Tu l'as retrouvé ? demanda Richard par politesse car il s'en foutait complètement.

Il avait touché son taf, le reste était du subalterne et Zé n'avait qu'à pas faire confiance aux jeunes d'aujourd'hui qui n'ont plus la même moralité que ceux d'hier, ah ça non, et c'est pas des canailles comme ça qu'on employait rue Lauriston ; Richard pensait que Zé aurait bien dû s'en souvenir.

— Non, mais il vient de me faire une petite visite et il a eu Rabi. Je suis en cavale. Les flics devaient déjà se douter que j'étais dans le coup de Nantes à cause de la prime, maintenant ils ont un prétexte pour m'alpaguer.

— Rabi est mort ?

— Ça m'en a donné l'impression, ces salauds-là tirent à la chevrotine. Simon a trouvé du renfort, je sais pas qui c'est mais moi je suis tout seul : La Limace dessoudé, Rabi également, c'est du nettoyage par le vide.

Ça empêcherait pas Richard de dormir, bien au contraire : moins il y avait de mémoires plus ça donnait de chances à ceux qui restaient de garder leur incognito. Néanmoins, Richard appréciait pas tellement le chambard autour de cette affaire, pas plus qu'il n'avait aimé tirer sur ces connards de postiers nantais qui avaient voulu se sublimer pour la plus grande gloire des comptes chèques postaux.

— Peux-tu m'aider ? demanda Zé qui ajouta aussitôt en voyant la moue de contrariété de Richard : part à deux, bien entendu, cent briques pour toi si on les retrouve...

Ça changeait tout. L'argent mène le monde. Richard, quel avide, accepta. Richard avait d'ailleurs comme une petite idée à propos de Simon. Il se doutait même qui était son renfort. Simon parlait beaucoup et pas qu'aux femmes. Un jour, il n'avait pas pu résister à la gloriole de raconter à Richard que son frère aussi tenait une boîte de nuit. Dans une ville de province mais Richard ne se souvenait pas exactement.

— Avec une dizaine de coups de téléphone, ça doit se trouver, conclut Richard. Les représentants en champagne connaissent les noms de leurs clients. Mercourt tu m'as dit ?

*

Simon s'était allongé sur l'immense lit du studio de Thérèse, les mains derrière la tête, une cigarette pointant tout droit sa fumée bleue vers le plafond, donnait l'impression qu'une araignée avait tissé sa toile de sa bouche vers les hauteurs.

— Alors, qu'est-ce qu'on fait maintenant ? je m'enquis, ton Zé est certainement en cavale, ta Thérèse dans tu ne sais pas quelle nature...

Simon arrêta brusquement d'expirer sa fumée. Il se dressa, ôta la cigarette de sa bouche. Quelque chose s'était passé que je ne cernais pas.

— Qui t'a dit qu'elle s'appelait Thérèse ?

L'énorme gaffe ! La connerie à l'état brut. Il avait posé sa cigarette dans un cendrier et me regardait durement.

— C'est écrit sur sa boîte aux lettres, dis-je avec assurance.

— Inexact, Xavier, tu mens comme tu respires. Dis-moi comment tu connais son nom.

Je m'étais enferré ; il s'avançait maintenant vers moi, les poings serrés mais attendant encore, espérant une réponse logique.

— Oh bien, c'est toi qui as dû me le dire.

— Je suis bien certain que non, depuis cette nuit, je me suis juré de ne plus prononcer ce prénom.

Et voilà comment une idiote sentimentalité pouvait gâcher une si belle affaire. Et ce Simon que je prenais pour un crétin intégral avait l'esprit plus vigilant que je le supposais. Il m'attrapa au collet. Rien à faire, ses armes étaient restées sur le lit, il y avait une table basse à enjamber et mon fusil était dans le coffre de l'ID.

— Tu la connais, n'est-ce pas, faux jeton, cria-t-il en me serrant à la gorge, c'est toi qui as monté ce coup avec elle !

— T'es dingue, Simon !

Xavier était blême. Son frère était beaucoup plus fort que lui et il sentait le souffle lui manquer. Il balança soudain son poing dans le foie de Simon qui se plia en deux. Xavier s'élança dans le petit couloir, ouvrit la porte et dévala l'escalier. Simon se redressa, franchit d'un bond la petite table, saisit son Cougar et alla vers la fenêtre en faisant monter une balle dans le canon. En bas, son frère sortait en courant dans la cour pavée. Simon leva le bras : le guidon du canon marquait la tête de Xavier d'un carré noir bien net entre le cran de mire plus flou. Son doigt se crispa sur la détente. Xavier atteignit le porche et disparut dans la rue Quincampoix. Simon jeta l'automatique sur la table à dessin.

Profitant de la fenêtre ouverte, la chatte qui était apparue à un coin de gouttière sauta sur ses épaules et frotta son museau contre sa joue. Puis elle trouva que c'était humide, s'élança à terre et partit en se déhanchant vers la cuisine.

Simon avait eu cent fois le temps de me tirer dessus, j'avais été très surpris qu'il ne le fît pas. J'attrapai la rue Rambuteau et redescendis vers la rue de Rivoli. Il fallait que je téléphone au plus tôt à Thérèse et que je retourne là-bas.

J'avais de l'avance sur Simon : il n'avait pas de voiture et le temps qu'il en chourave une, en roulant très vite je pouvais mettre Thérèse — et la sacoche — à l'abri. Et puis moi, bien sûr. J'avais comme l'intuition que Simon, désormais, ne me ferait plus de cadeau.

VI

C'était tout à fait la nuit et Thérèse était restée en bas pour dîner avec Dome et ils avaient encore bu du champagne en regardant le spectacle et en voilà qui ne se refusent rien et la troisième girl en partant de la gauche elle a de belles cuisses, dommage qu'elle ait un strabisme convergent bien qu'à notre avis ça soit un peu érotique et, Thérèse, est-ce que vous tenez beaucoup à mon frère et Sacha fais-nous un café et merci.

— Je suis avec lui, c'est tout, dit Thérèse.

Dome avait un peu plus de vingt ans mais il prenait la vie comme une rigolade triste, ce qui n'a rien de très original mais la masturbation rend sourd et il appréciait énormément Thérèse. Sacha s'approcha de la table :

— Monsieur Xavier demande Mademoiselle Thérèse au téléphone.

Il ajouta plus bas avec gentillesse car les tantes ont beaucoup de tact :

— Il croit que vous êtes en haut et il m'a demandé d'y passer la communication.

— Vous feriez mieux de monter, dit Dome, je crois qu'il n'aimerait pas beaucoup vous savoir ici et je ne peux pas demander aux musiciens de la mettre en sourdine.

Thérèse se leva et gravit vivement l'escalier pour regagner la chambre. Elle décrocha le combiné et entendit Sacha expliquer qu'il avait dû servir un client grincheux.

— Thérèse ?

Au ton de sa voix, elle comprit que quelque chose n'allait pas. Il devait téléphoner d'un bistrot, elle entendait un flipper clinquer ses chiffres sans avenir.

— Oui. Tu as des ennuis ?

— Ça paraît, grinça Xavier, Simon a deviné et je m'en suis sorti de justesse. Prépare tes affaires, j'arrive et on part. Fais-toi monter des sandouiches par le téléphone intérieur par Sacha, oui, c'est le barman, qu'il les dépose devant la porte. Ne te montre sous aucun prétexte. Je serai là dans deux heures. Salut.

Clac.

Thérèse reposa le combiné sur sa fourche. Très pensive. Elle redescendit dans la salle et regagna la table où Dome l'attendait. Sur la scène, trois faisceaux bleu-blanc-rouge encadraient une effeuilleuse qui s'était faite la tête et le chapeau de Maâme Pompidou, ce qui était un fameux outrage à la femme du chef de l'État mais un tel délit n'existe pas, heureusement et faut vraiment avoir envie de faire marrer les gens pour imaginer des conneries pareilles.

— Xavier revient maintenant, dit-elle à Dome, il m'a bien recommandé de ne pas me faire voir. Je crois qu'on va partir sitôt qu'il sera là.

Un sentiment de contrariété se peignit sur le visage de Dome. Parce qu'elle était à sa table et qu'*elle* allait partir.

Quant à elle, la charmante, elle songeait au fabuleux ganot que Xavier avait caché elle ne savait où. Par les temps qui courent et vu l'augmentation du niveau de vie, une gentillesse de deux cents briques était pas à négliger. À la fréquentation de Xavier, on peut dire que Thérèse s'était pervertie : son joli et réel talent de peintre et, ce qui en découlait, une espèce de probité, tout ça était parti en nuages, des gros, des noirs, de ceux qui — en confidence — mènent plus souvent au ballon qu'aux Seychelles.

Elle pensa qu'elle n'avait pas pu jeter un œil au coffre, dans le bureau à côté de la chambre. Comme par inadvertance, son genou frôla celui de Dome. Ne jamais mésestimer la puissance érotique d'un genou dans une jupe de tailleur et sous une table. Dome fut content d'avoir trouvé le contact et s'apprêtait à le prolonger quand Sacha lui fit un dice discret de son bar : le Député entrait au bras de son épouse.

— Bien, murmura Dome, les députés, ça ne se refuse rien...

Il faut dire que la députette (c'est comme ça qu'on dit ?) faisait dans la splendide femme, en la trentaine épanouie en rondeurs et en grâces qui devaient même arriver à attendrir la sale vieille tante politicarde qui coulait des regards sournois vers le beau Sacha, impavide derrière son bar.

À contrecœur, Dome décolla son genou de celui de Thérèse qui ne s'était pas dérobé, s'excusa :

— Un bon client, je dois y aller.

— Tant pis, dit Thérèse avec intention, je vais remonter maintenant et me préparer pour le départ.

Dome esquissa une poignée de main et puis non alors, mais pas le léchage-menottes non plus ni la bise alors quoi c'est délicat, bon salut à la revoyure, il s'en va vers le député et sa femme dont on n'a pas dit qu'elle est rousse avec des yeux verts c'est très joli et voilà qui est fait et Thérèse s'en va vers l'escalier et arrivée au premier étage, elle entre dans le bureau, vous parlez d'une histoire.

— C'est un réel plaisir, Monsieur-Madame...

— Je ne connaissais pas du tout cet endroit, dit la femme rousse qui non seulement est rousse mais a une voix je sais pas si vous entendez ce que je veux dire, une voix qui vous fait passer des trucs et des machins dans la colonne vertébrale, vachement érotique, je ne connaissais pas mais je sais que mon mari connaît (regard appuyé vers Sacha qui essuie des verres) et je comprends son assiduité. C'est charmant.

Bon, d'accord, c'est charmant, d'ailleurs, un type arrive sur scène et il fait du bruit avec sa bouche et on a bien du mal à l'empêcher d'en faire avec son anus qui recèle un diabolique sphincter à langoureux trémolos et c'est pas bien joli ce que vous racontez là, mon petit monsieur et enfin bref, ça gênait extrêmement Dome que le rigolo vulgaire soit en piste à ce moment-là.

— Permettez-moi, il dit surtout à la dame, de vous offrir une bouteille de champagne pour fêter votre venue.

— D'accord, dit la rousse avec un de ces sourires sorciers qui expliquent les bûchers, mais vous venez la boire avec nous...

*

— C'est pas possible, s'abasourdissait Zé, « Le Fleuve impassible », c'est pas un nom de boîte, c'est le siège d'une organisation pour l'étude de l'étiage de la Basse-Loire.

— Le mec est formel, dit Richard, c'est une boîte qui a l'air de marcher selon lui, plutôt fréquentée par le gratin.

— Il a pu te dire ce qu'était le frère Mercourt ?

— Xavier ? Oui, à peu près, il s'est frotté au mitan un petit bout de temps mais il avait des manières qui plaisaient pas, il faisait le fier quoi. Il est tombé comme julot à Toulon et depuis rien, peinard. Le type qui m'a rancardé m'a dit qu'il était considéré comme un mauvais fer, un sournois.

— Tu sais comment il a attriqué son cabaret ?

— Le mystère là-dessus, ça doit venir d'un coup.

— Et avec les flics de là-bas ?

— Bonnet blanc et va le décrocher ! On l'a suspecté un moment d'en croquer mais comme personne n'a jamais eu de preuve, on a passé l'éponge.

Voilà deux truands éprouvés qui causent... Quels cons ma mère ! Quelles secrètes névroses policières se faufilent ! Bien sûr que Xavier avait un bada énorme, le doulos du bollet ! Et quoi d'étonnant ? Et qui n'en avait pas ? Et qui dans le mitan s'est déjà refusé la joie du petit coup de fil anonyme (c'est-à-dire ni pour la gloire, ni pour le pèze, ni pour un condé) aux flics ? Et ces deux pantes qui faisaient les fiers et les moi mon pote j'ai de l'honneur j'en croque pas et si j'en croque c'est que les autres sont des infernaux fumiers qui s'en privent pas et moi je serais le seul ? Ils étaient jojo avec leur « code », les deux anciens de la Carlingue, ma parole et nonobstant les Fifis. Ils croyaient jouer dans un ours à Le Breton !

— On y va ? demanda Zé en empoignant sa valoche.

— Gy. On passe chercher les autres et on prend la route.

Vous parlez d'une incarnation du Destin, les deux ramollis en expédition, les deux bons hotus grippe-sous !

Ah tiens, vivement l'an 01 !

*

Avec la lame d'un tournevis, Simon pesait sur le haut de la portière de la 403 crème garée rue de La Reynie. Les petits caves soulevaient en général une chignole avec d'impressionnants trousseaux de clé, les fantaisistes patients avec une lime à ongles. Simon qui avait l'esprit mécanique et savait qu'une portière n'est jamais fixe et comporte toujours un jeu appréciable, Simon faisait dans le bricolage dextre et cette bagnole avait un sacré jeu et alors bon, il suffisait d'y glisser par le jeu un fil de fer au bout recourbé, attraper la poignée et la tirer vers le haut et alors vous voilà, mon bon Simon, dans la voiture, qu'est-ce que vous faites maintenant ?

Vous déverrouillez le coffre, oui ; avec un fil électrique, vous reliez la borne + de la batterie à la crosse batterie de la bobine c'est vachement technique tout ça, et puis pour actionner le démarreur, un autre fil du + de la batterie au + du démarreur eh bien mon vieux, vous voilà avec un moteur qui tourne, qu'est-ce que vous attendez ?

Rue aux Ours, des chandelles éclairaient de leur charme immobile les arpenteuses qui ne savent pas tenir en place. Encore la nuit, encore les mêmes vieilles pipes au fond des vieux couloirs et des cours aux pavés glissants, encore les mêmes draps raides, encore les mêmes martinets des mêmes hétaïres bottées de cuir aux mêmes vieillards pas sages et puis d'ailleurs faut dire hétères j'ai vérifié mais c'est moins joli. Et puis tout ça n'était pas joyeux, à l'exact prorata des marchandages.

Simon se mit au volant et déposa ses deux

rigoustins sur le siège, à côté de lui, sinon pour conduire ça finit par peser sur l'aine. Il prit les quais jusqu'à Austerlitz et fila sur l'autoroute du Sud. Dommage, il n'y avait pas la radio sur la voiture, Simon aimait bien la musique et de connaître les informations, ça l'aurait bien intéressé.

*

Moi je l'avais la radio sur l'ID et effectivement ça racontait des choses qui intéressaient bougrement les Mercourt Brothers :

« À la suite de cette fusillade, les policiers pensent qu'il faut la relier au sensationnel hold-up qui a eu lieu la semaine dernière et au cours duquel deux postiers ont été froidement exécutés. Il s'agirait d'un règlement de comptes à la suite du partage du butin qui s'élevait, rappelons-le, à quatre millions de francs lourds. »

Pour que les flics lâchent la vapeur comme ça, ils devaient avoir une raison : ça n'est jamais gratuitement qu'ils refilent des tuyaux commacs aux baveux. J'imaginai bien que Zé s'était fait la paire (tiens, au fait, se méfier de ce coboille...) mais il y avait les autres que Simon m'avait nommés quand il m'avait proposé le coup : Richard qui fait figure de grand cador qu'en a plein les méninges, Ange-le-Bègue et ses poignards magiques, Chris-le-Bourgeois qui drivait comme un as et Moulou, le Gitan, un des plus sales sadiques qui puissent exister, selon Simon.

La radio enchaîna sur l'influence de Wilhelm Reich dans l'œuvre de Manchette (J.-P.) ce qui me parut excessif. Je tournai le bouton et tombai pile sur « Just a gigolo » qui est une chanson admirable si vous voulez mon avis, quoique chantée par un nègre, mais on dira ce qu'on voudra des nègres, quand ils chantent, ils se foutent pas de la gueule du monde c'est senti et voilà mon avis.

Si Zé proposait un taf à Richard et à son équipe pour retrouver le ganot manquant, par regroupement, ils arriveraient forcément au « Fleuve impassible » et tout ce que j'espérais, c'est qu'ils tombent sur Simon et qu'ils se flinguent en chœur parce que de toute façon, moi, je serais plus là.

Dans une demi-heure, je serai là-bas. Je ne voyais plus beaucoup d'intérêt à garder longtemps Thérèse. Trop chienne, donc trop collante, le seul remède connu c'est le seau d'eau.

Je n'aime pas mes frères, je n'aime pas la femme qui a fait bien des choses pour moi et je ne vous ai pas tout dit : je suis hideux.

*

Le député Garnier, il s'appelait Garnier comme vous moi et le voisin et le père de votre enfant, commanda une seconde bouteille de champ' ce qui fit bien plaisir à Dome parce qu'un député, d'accord, ça peut servir question relations et on sait ce que ça coûte mais on sait pas ce que ça rapporte, mais il faut bien que ça raque de temps en temps et les Mercourt n'avaient aucunement l'intention d'engager celui-là comme nourrisson ou assidu pique-liche-trogne.

Les yeux verts de sa femme Gisèle (c'est son prénom à cette chienne) commençaient à briller et Dome se demanda si elle n'allait pas le violer sur place en poussant des rugissements sexuels.

— Il faudra que vous veniez dîner à la maison un de ces soirs, proposa la belle Gisèle à Dome, au grand dam de Garnier qui se trouvait déjà bien assez compromis sans qu'on en rajoute, cocagne.

— Je vais aux toilettes, avertit le député.

Dome se marra à l'intérieur intime de son boyau de rigolade en voyant Sacha qui, sur un signe discret de Garnier, lui emboîtait le pas, une minute après que le véreux parlementaire eut disparu par la porte des gogues.

— On pourrait sûrement, en attendant ce dîner, se revoir quelque part, dit en léchant le bord de son verre d'une langue mutine, la rouquine qui semblait bien partie.

Dome était pas chaud-chaud. Risquer d'avoir une embrouille à propos de cette gueuse pouvait casser la baraque en moins de deux, quoiqu'elle soit pas si mal laubée, quoique le député soit sérieusement mouillarès avec preuves et guère en mesure de faire du rebecca, quoiqu'après tout, en automne, le fond de l'air est fraîche et on a la peau des mains sec et Xavier n'était ni le pape ni Bruck ni mécène ni trop rien.

— Couac !

La vue d'un mec qui entrait lui coupa la phrase qu'il allait entamer et qui allait développer avec infiniment de circonspection roublarde et équivoque, la possibilité d'un thé au jasmin pour le lendemain dans son studio, ce thé vous m'en direz des nouvelles, tiens donc, bon, voilà le commissaire Carteret et l'autre qu'est aux gogues avec Sacha, nom de nom, si seulement Xavier était là...

— Excusez-moi, dit-il à la voluptueuse qui repiquait au Moët et Chandon, quelqu'un à voir.

*

Quelqu'un d'autre qui était à voir en ce moment, c'était gentille Thérèse devant le coffiot du bureau : un hépatique gourmand devant une mayonnaise ! N'ayant aucune connaissance ni qualification dans le noble art des délourdages mastoques, doutant pas une seconde que la sacoche-trésor fût à l'intérieur, elle groumait intérieurement comme il n'est pas correct de la part d'une demoiselle. Elle pensait dans sa petite tête combien il avait été difficile d'obliger Simon à se réfugier chez elle, le coup de pouce sous forme de bigophone à Enrico-la-limace, même qu'elle était au pied de l'hôtel des fois que tout le monde il aurait été mort.

Et maintenant, elle allait être forcée de suivre Xavier et elle ne se faisait pas beaucoup d'illusion sur ses projets et à l'automne en forêt ça sent l'humus et le bois mouillé et c'est pas rigolo pour un rond d'y faire son trou avec les deux canons d'un fusil de chasse dans la nuque ou bien alors tout simplement il l'étranglerait et ferait croire au crime de sadique en déchirant sa petite culotte et en la lui mettant sur la tête et c'est une note cocasse certes mais enfin faut rien exagérer.

Heureusement que, pas folle la guêpe, elle s'était montrée dans la salle. Elle ne croyait pas Dome complice, il pouvait même être un excellent atout surtout s'il avait la clé du coffre mais sûrement, un frôlement de genoux ça pouvait pas suffire mais Xavier serait là dans un quart d'heure et un quart d'heure, tout ce que vous voudrez, c'est rudement court pour ces choses du trou de balle.

Elle entendit deux pas gravir précautionneusement l'escalier et battit en retraite vers la chambre, comme le téléphone intérieur y sonnait...

*

Toujours la nuit, toujours l'autoroute, toujours les étoiles et Zé voit pas très bien comment des mecs peuvent voir une Grande Ourse et son oursonne dans ce fatras. Chris-le-Bourgeois au volant, il conduirait presque les yeux fermés. Il a un Burns aux lèvres et des gants à trous aux mains.

Ange-le-Bègue à l'arrière, il dort, ça fait qu'on remarque pas qu'il bégaie et qu'il zozotte en même temps, juste, les deux gourmettes en jonc à ses poignets croisés, ça luit doucement avec la tendresse particulière de l'or mais on croirait qu'il a les cadènes.

Moulou le-Gitan chantonne entre ses dents serrées, même pas un flamenco, pensez, bien trop con, mais une chanson de Claude François. Moulou est tout petit, noir comme un grillon et il a des trucs dans sa tête qui intéresseraient un psycho-sexologue.

Bon, Zé regarde les étoiles et s'y paume à chaque fois, je sais pas si ça vous fait ça, mais il reconnaît que l'Étoile du Berger et encore il est pas sûr mais il va pas demander une identification à Richard qui est assis devant et qu'a l'air de faire la gueule ou alors il dort ou bien il pense à Danos, à Loutrel, à Fefeu, à Bony et aux baignoires, parce qu'à la différence de Zé qui n'a pas de mémoire, Richard oublie pas ce temps et les années d'exil en Espagne et puis bon on revient mais rien n'est pareil et essayez donc de faire aujourd'hui le coup des faux poulets à une rentière.

— Tu crois qu'on va les trouver au nid ? demande Zé et sa voix fait sursauter tout le monde, sauf le Bourgeois que rien ferait bouger quand il est au volant.

— S'ils n'y sont pas encore, ils y viendront ou ils y passeront, dit Richard.

— Ils sont trois frères, lance Moulou avec un air de convoitise, car il préfère faire le travail de série. Simon, c'est l'aîné, je connais pas les autres mais je crois qu'il y a un minot.

— Zi... zi... zi vous m'aviez vu... à vingt berges, dit Ange qui s'est réveillé et il veut dire qu'à vingt ans il était déjà sacrément vicieux mais les autres le coupent parce qu'il est énervant à parler comme ça, c'est vrai quoi.

Il faudrait mieux, pour les occupants de la grosse Mercedes, éviter le contrôle routier vicelard : avec ce qu'ils trimbalent dans le coffre et sous les pardessus, ça doit aller chercher dans les trente kilos faciles et je compte pas le poids des munitions.

Eh bien, messeigneurs, on ne va pas s'ennuyer en province...

*

— Votre frère n'est pas là ? demande le commissaire Carteret à Dome.

— Xavier ? Non, en voyage d'affaires. Vous prendrez bien quelque chose ?

Carteret, c'était le flic buté, pas souriant, un peu malpoli même, il prenait pas du tout quelque chose et resta debout.

— Ça fait longtemps que vous avez vu votre autre frère, Simon ?

— Une paille, dit sobrement Dome.

Le petit vélo fonctionnait à plein dans sa tête : c'était donc à Simon qu'on en voulait, il avait des ennuis ce dingue et Xavier était monté à Paris pour l'aider et dieu sait dans quelle mistouille ils s'étaient collés et zut — le petit vélo eut sa chaîne qui se dégonfla. Garnier revenait des gogues mais pas en même temps que Sacha et bon, Carteret avait rien remarqué...

— Votre frère a déjà eu pas mal de condamnations...

— Pas ici et c'est amnistié, rétorqua Dome dans une grimace.

Le petit vélo se mit en roue libre à l'approche de la scoumoune : si Carteret restait là trop longtemps, il allait tomber sur Xavier, qui ne devait plus être loin et qui ramenait sûrement Simon. Il n'en avait pas parlé au téléphone à Thérèse mais Xavier ne disait jamais rien. Carteret parcourut la salle d'un regard vague. Le spectacle s'était interrompu pour un quart d'heure, juste le pianiste qui officiait, les entraîneuses qui décolletaient, un péquenaud qui chantait tout seul à sa table. Les autres clients parlaient entre eux, Gisèle Garnier secouait sa chevelure et le Député qui avait aperçu le flic détournait le regard, gêné, ce que c'est d'avoir la mauvaise conscience.

— Du beau monde, commenta le Commissaire sans la moindre trace d'humour.

Dome le quitta sur un embrouillé bredouillement, fonça sur un loufiat comme prétexte et donna l'ordre de reprendre le spectacle immédiatement. Qu'au moins ça bouge. Les musiciens causèrent de leur syndicat et merde on peut pas souffler, alors, les six girls remirent leurs pattons dans leurs chaussons et en avant, ça c'est pas Paris mais ça y ressemble, tapez dans vos mains.

Le lardu décollait pas du pilier où il s'était adossé. Dome se propulsa au bar, interrompit Sacha qui papotait chiffons avec une entraîneuse :

— Sors par-derrière et sitôt que Xavier arrive et surtout s'il est avec Simon, affranchis-le que Carteret est dans la salle et qu'il monte directement au premier.

Les Garnier se levèrent de leur table et le député fit de loin un petit signe protecteur à Dome : addition à mettre sur l'ardoise, l'enfoiré. Dome décrocha le téléphone et appela Thérèse dans la chambre. Ça ne répondit pas, curieux, non ? Il allait raccrocher pour aller voir quand enfin il l'eut au bout du fil.

— Dites, Thérèse, j'ai oublié de vous demander tout à l'heure : quand Xavier vous a appelée, il n'a pas dit que Simon était avec lui.

Thérèse qui s'était ramenée dare-dare du bureau qu'elle fouillait pour trouver la clé du coffre-fort, fut prise de court, balbutiante :

— Simon... euh... non, pourquoi ?

— Aucune importance, dit Dome.

Il posa doucement le combiné, rêveur. Bon, baisse la tête, t'auras l'air d'un coureur, il se passait des choses, stayer ! Xavier qui a l'air d'arriver en catastrophe pour repartir tout aussitôt, Simon auquel les flics s'intéressent, cette fille qui tombe du ciel...

*

La fille tombée du ciel commençait à paniquer. De toutes les manières elle se trouvait bien coinçarès, l'alternative Simon-Xavier n'avait rien de blêcharde. Elle alla à la fenêtre qui donnait sur la petite rue où se trouvait l'entrée de service du « Fleuve impassible ». Sacha poireautait, elle voyait son gilet écossais qui le faisait ressembler, par la grâce de la perspective plongeante, à une bouteille de ouisquie au bouchon poilu.

Alors voilà, crac le trac elle a la mistoune : deux cents briques, caballero ? Et fifre ! Plutôt la vie, les oiseaux avec leurs couleurs, artiste de nouveau soudain ! Les lignes, le café sur la palette... Et bouffre et quine de Xavier le tordu méchant, de Simon et de son regard mort !

Elle attrape une valise et dévale l'escandrin. Dome est en bas qui se tient à l'écart du lardu toujours à son pilier en Prométhée minable à la chasse au vautour-indic'.

— Vous avez une chambre en ville, Dome ?

— Oui, dit Dome étonné.

— Je ne tiens pas à partir avec votre frère. Pouvez-vous me recueillir ?

Il se recueille.

— Voilà, il dit enfin en tendant une clé, c'est au 5 de la rue Albert Paraz, un studio sous les toits. Je vous appelle un taxi.

*

J’entre dans la ville, le pied soudé au champignon. La nuit est menaçante à cause d’un brouillard épais qui rend la route grasse. Maintenant que les grands réverbères sont orange, les feux se noient doucement dans des caniveaux luisants. J’arrive dans la petite ruelle, derrière « Le Fleuve impassible ». Sacha fait du brouillard avec sa bouche.

À l’entrée de l’établissement, de l’autre côté, un taxoche démarre.

— Il y a un poulet, Monsieur Xavier, dit Sacha, il en aurait après Monsieur Simon.

— Merde, je dis, j’ai l’impression que les ennuis ne font que commencer...

VII

Je fonce donc vers la salle sans prendre le temps de monter au premier, ce que j'aurai tout lieu de regretter par la suite. Carteret est là, appuyé à un pilier et il n'a aucune réaction, ce mec c'est une bûche. Dome entre, venant du dehors.

— Vous suivez la civilisation des loisirs, je dis au commissaire en le rejoignant. Bienheureux les contribuables qui vous paient !

— Ne faites pas le malin.

Il est absolument imperméable à tout, à la gentillesse, à l'ironie, à la haine. Il a été créé dans un but bien précis, mécanique : arrêter les gens, les faire avouer et c'est tout. Le flic-robot, la dépersonnalisation faite homme.

— Vous avez été condamné, Monsieur Mercourt ?

— Oui, mais amnistié depuis.

— Comme votre frère ?

Je fais l'âne :

— Dome ? Pensez-vous, c'est un garçon sérieux...

— Je parlais de Simon, bien sûr, et vous le savez très bien. Au fait, ça fait longtemps que nous ne l'avons pas vu dans la région.

— Chacun sa vie, j'élude, chacun a ses affaires.

— Vous étiez à Paris ces temps-ci ?

Faut pas compter que je lui raconte ma vie. Commencer à bonnir qu'effectivement j'étais à Paris et pourquoi, pour affaires, et quelles affaires, ça ne vous regarde pas, c'est très savonné comme pente.

— Je vais vous conter une histoire, Mercourt, si vous la connaissez, arrêtez-moi...

Qu'à Dieu ne plaise, flicard, et si tu m'emmerdes trop, on va pouvoir commencer à causer de tes chers inspecteurs qui me doivent un certain nombre des moellons et la couverture de leur maison de campagne.

— Xavier Mercourt, Simon Mercourt : délinquants mineurs au moment où j'ai été nommé ici. Xavier s'en tire toujours et enfonce généralement son frère qui va purger en Centre de Redressement les petits chapardages adolescents toujours commis à deux. Puis Xavier quitte la ville, on le retrouve à Toulon où il se fait coincer dans le Petit Chicago pour vagabondage spécial. Petite peine mais aussi petits gains et on s'étonne de voir reparaître ledit Xavier avec un tas d'argent qui lui permet d'acheter cette boîte comptant. D'accord ?

— J'ai gagné aux jeux, vous le savez bien.

— Je le sais, oui, j'ai même vu les tickets que vous avez gardés... par prévoyance.

Tout juste Auguste. Avais-je assez couru après les heureux gagnants péhémuteux pour leur racheter leurs tiksons veinards, après les gâtés de la Lotoche Nationale pour leur chouraver la joyeuse série... Tout ça pour justifier les rentrées miragineuses d'un casse tonnant dans un hôtel de Nice, un coffret au monte-en-l'air qui m'avait — enfin — permis de démarrer dans la vie. Merveilleuse société capitaliste qui permet à chacun de ses enfants d'avoir chance égale pour la réussite !

— Voyons Simon, continue Carteret avec le plus grand sérieux : quelques braquages sans préparation et au trou, bonne conduite, réinsertion sociale, il doit être plombier si je ne m'abuse, en tout cas, il quitte la région.

— Je me demande, je dis pensivement, ce que vous pouvez avoir contre ce pauvre garçon. Il n'est ni dans votre secteur, ni recherché que je sache...

— Ne m'interrompez pas. Un gros braquage à Nantes et cette fois-ci avec du sang : deux postiers tués. D'après certaines indications, il y a des difficultés au moment du partage, un des gangsters se tire avec une partie du butin. Les complices floués lancent un avis de recherche avec prime. Vous savez que dans ces cas-là, nous le savons, vous êtes vous-même très bien placé pour le savoir.

Je lui lance un regard torve : qu'il s'avise de me reprocher mes balançages, ça serait vraiment le comble !

— Un homme est tué dans un hôtel de la rue Saint-Sulpice par un autre homme qui occupait une chambre en compagnie d'une prostituée. Il se trouve que le mort est un de ceux qui ont proposé la prime et il se trouve également que le portier de l'hôtel a formellement reconnu sur photo votre frère comme étant l'assassin.

— Pas au courant, je dis, et vous avez des phrases drôlement lourdingues.

— D'autre part, cet après-midi à Paris, une fusillade a eu lieu dans le XVe. Encore un mort et de la même bande. Cette fois-ci, deux hommes ont tiré dont l'un avec un fusil de chasse chargé à chevrotines.

Oh ! Fan de zitrone... L'arme est restée dans le coffre de l'ID !

— Vous buvez quelque chose, Monsieur le Commissaire ?

Mine de rien, je l'avais entraîné vers le bar tout en causant. Avant qu'il me réponde, d'autorité, Sacha lui verse un ouisquie bien tassé. Sa psychologie à mon barman pédéraste, on peut toujours refuser un verre tant qu'il n'est pas servi mais ça devient franchement l'incorrection quand le liquide est sous votre nez.

— Naturellement, dit-il en saisissant son verre (ouf !), vous n'avez pas vu votre frère à Paris ?

Un homme qui boit est nettement plus sympa. Il en devient même attendrissant, Carteret, quant à sa question, je lui réponds : « si, je l'ai vu », que ça le fait sursauter, s'engouer, pleurer, s'essuyer, me fixer avec urbanité.

— J'ignorais bien sûr toutes ces histoires, je lui dis gentiment, il m'a vaguement parlé de bonnes affaires qu'il avait faites et qu'il s'embarquait pour les îles Seychelles dès ce soir.

— Nom de Dieu ! il jure en se précipitant sur le téléphone du bar sous l'œil amusé de Sacha qui n'en perd pas une miette, j'espère pour vous que c'est vrai !

— Tant qu'à faire de donner mon frère, autant que je vous dise pas de balourdises !

Il ne relève pas et, par discrétion sans doute, je m'éloigne du bar, le laissant donner des ordres frénétiques. Je vais vers Dome à qui je n'ai pas eu le temps encore de parler.

— Rien de neuf ?

— Aux auditions, rien que des naves, je les ai tous sacquetés.

— Bon alors écoute, je me tire pour quelque temps. Tu t'occupes de tout, t'es le patron, je vais te signer des procurations.

— Qu'est-ce qu'il se passe, Xav, me demande-t-il avec l'air embêté, c'est Simon qui a fait des conneries ?

— Il y a de ça, écoute, je n'ai pas le temps de te raconter, j'ai très peu de temps devant moi et j'ai mes valises à faire.

— Mais où il est, Simon, il insiste l'air buté, pourquoi tu ne l'as pas ramené avec toi ?

— Il me rejoindra mais t'inquiète pas pour lui, il sait se débrouiller. Après tout, c'est notre grand frère.

Je lui tape l'épaule pour le rassurer et lui dire au revoir. Sans doute adieu, je n'ai pas tellement l'intention de revenir dans ce coin pourri. Je vendrai la boîte par correspondance ou je lui filerai en gérance.

Je file vers ma chambre du premier ; en voyant la porte ouverte, je flaire la maousse catastrophe. Tout s'effondre et s'effrite et elle s'est barrée la salope et rage et désespoir et pouffiasse ennemie.

Le brouillard dans la tête eh bien voilà autre chose mais ayons le renaud décent. Cette nana, quand je la retrouverai, avec une lime à ongles je lui arracherai la peau en lanières et je les lui ferai becter et je l'épilerai avec une pince multiprises et je l'éborgnerai avec un rayon de bicyclette et je la forcerai à lire Banier et alors ça c'est très épouvantable.

Je redescends dans la salle, avant, je ne fais qu'un saut jusqu'au bureau, ouf le coffiot n'a pas été forcé.

— Il y avait une nana là-haut, je dis à Sacha, tu l'as pas vue passer ?

— Non, il répond, mais si elle voulait pas se faire voir, elle a pu passer par-derrière, Monsieur Xavier.

— Par-derrière, par-derrière, ça te va au teint, toi, je lui rétorque menaçant.

Pas très franc du collier le Sacha mais je n'ai pas le temps d'élucider cette histoire. Je remonte au bureau, je prends la sacoche dans le coffre, une poignée de cartouches à chevrotines et sans passer par la salle, je vais à l'ID qui démarre en chuintant des pneus sur les pavés glissants.

*

Simon espérait arriver à la ville avant la fermeture du « Fleuve impassible ». Il n'est pas vraiment fufu, mais il se doute bien que Xavier ne l'a pas attendu. Peut-être Dome pourra-t-il lui donner des renseignements.

Il se disait qu'il allait sûrement retrouver Thérèse et alors ça lui faisait un pinçon dans la poitrine et il ne faut pas dire le cœur, le cœur c'est un muscle et qu'est-ce qu'un muscle a à foutre d'une nana sauf celui qui se dilate je vous en dis pas plus mais cette bondieue de sale vieille 403 broute comme c'est pas permis et allons bon me voilà en carafe.

Une épaisse fumée noire sortait du capot et des cliquetis bizarres résonnaient dans la noïe. Simon laissa glisser la voiture sur le bas-côté, se mit en première pour la bien ranger par à-coups. Ça grinçait abominablement. Il descendit, la saleté ne voudrait jamais repartir et il était en pleine cambrousse, sous une petite bruine pénétrante.

Il ouvrit le capot et jeta un plaid sur le moteur fumant. Il était facilement à dix bornes de la ville et ne comptait pas trop sur une voiture qui s'arrêterait. De plus, il n'aimait pas marcher depuis qu'il avait appris à piquer le dix dans sa cellule. Il se mit à l'abri dans la 403 enfumée.

Une grosse Mercedes passa en faisant gicler de la bouillasse sur sa portière. S'il avait été dehors, peut-être qu'ils l'auraient pris ?

— Pourrait pas allumer ses feux de positions, çui-là, grommela Chris-le-Bourgeois qui tenait le bâton de la Mercedes...

*

Le tromboniste range son trombone, l'emmène sous son bras, le guitariste met sa gratte dans un étui et l'emmène sous son bras, le flûtiste démonte sa flûte et l'emmène sous son bras, le pianiste met la housse à son piano et... non, il le laisse là.

Dome attendait que tout le monde soit parti pour éteindre les loupiottes. Les entraîneuses étaient déjà barrées, plantant là leurs consommateurs d'un soir, merde, si ces cons s'imaginaient que pour une bouteille de champ' on allait leur faire des gracieusetés, les girls avaient décollé leurs paillettes, il en restait bien quelques-unes sur les auréoles des roberts mais ça amuserait leurs gouines.

— Sacha, dit Dome, tu passeras la consigne à tout le monde : personne n'a vu la fille à Xavier.

— D'accord, dit Sacha en se repoudrant, mais j'ai comme l'impression qu'il ne va pas tarder à faire chaud ici. Vous avez une idée de ce qui se passe, Monsieur Dome ?

— Non, c'est bien ce qui m'inquiète.

Dome se demandait surtout ce qu'il allait

bien faire de Thérèse. Et pourquoi Xavier se sauvait-il comme s'il avait les trente-six mille légions de Belzébuth au derche ? Ça n'était pas la poulaille, sinon Carteret l'aurait enchristé tout à l'heure. Un gang ? Et que venait faire Simon dans cette patapouille ?

Sacha prit congé assez rapidement. Probable qu'un grand coquin l'attendait et qu'il se souvenait qu'il n'avait plus de vaseline. Dome monta au bureau pour mettre la recette dans le coffre. Il remarqua que la grosse sacoche noire, qui s'y trouvait dans l'après-midi alors qu'il avait payé les musicos, n'y était plus. Il s'enfouilla cent sacs et alla vers le bureau. Dans un tiroir, il prit un P. 38 et trois chargeurs vides (ne jamais laisser de balles dedans, ça amollit les ressorts) plus une boîte de 9 mm allemands parce que les parabellum en Winchester américains montent mal.

Dome sort dans la rue, par-devant, il bloque les lourdes. Ça mouille toujours, une infernale pénétration par tous les joints de la vêture. La petite mini vert olive de Dome est garée en face du « Fleuve impassible », devant un parcmètre qui sert plus, ainsi que ses voisins, depuis qu'on a eu la bonne idée de faire couler de l'acide par les fentes. Dome ne remarque pas, garée sur le même trottoir que le cabaret, une Mercedes pleine de méchants tout ce qu'il y a de plus patibulaires.

Il démarre, la grosse bagnole boche le suit à cinquante mètres. Il prend les boulevards extérieurs, passe devant une église pop qui ressemble à une girolle syphilitique et enfile la rue Albert Paraz.

— Ça doit être le petit frangin, dit Moulou.

— Savoir, dit Zé, s'il va nous conduire à Simon-l'ordure...

Ange-le-Bègue aimerait bien dire quelque chose aussi mais il dérape sur l'introduction de la phrase. Alors il pense en triturant ses gourmettes de jonc massif :

« S'il nous y conduit pas, on va lui asticoter la menteuse ! »

Et vous voyez que c'était une phrase drôlement redoutable pour un bègue zézayant.

VIII

— Ouvrez, c'est moi, souffle Dome après son bref coup de sonnette à sa porte, je suis seul.

Thérèse entrebâille la lourde. Elle a le visage défait, elle s'est démaquillée d'ailleurs, elle a laissé retomber sa superbe chevelure brune sur ses épaules. Elle a mis un déshabillé sage qu'elle avait dans sa valise. Dome va s'asseoir sur le divan, il pose le pistolet sur la table.

— Si vous m'expliquiez maintenant, demande-t-il, je pourrais peut-être vous aider davantage...

Thérèse tourne le dos, aurait-elle honte ? Non, elle vient se mettre à côté de Dome, droite, l'étoffe bien tirée sur les genoux.

— Voilà, dit-elle.

Elle lui raconte tout : comment Xavier l'a chargée de surveiller Simon sitôt qu'il eut été au courant de ce braquage, comment elle fit téléphoner à Simon par un innocent copain que Zé, Rabi et Enrico-la-Limace se préparaient à l'argougner. Comment Simon avait pris les devants et s'était trissé avec le ganot, comment elle avait averti les truands que Simon était avec une pute dans cet hôtel de la rue Saint-Sulpice, comment Simon s'était réfugié chez elle et comment elle l'avait repassé.

— Belle famille que j'ai là, conclut Dome. Mais maintenant, qu'est-ce qu'il arrive ?

— D'après ce que j'ai compris, Simon a tout compris et doit donner la chasse à Xavier.

— Et l'autre fumelard, s'énerva Dome, s'est barré avec le fric en me laissant tous les pépins à venir...

Il se leva, regarda Thérèse bien en face et la gifla posément. Et un allez-et-retour, un, voyez caisse ! Et dans les yeux de la fille, il y avait des larmes et qu'est-ce que vous voulez c'est ça la vie même d'artiste et contrairement à ce que l'on croit il n'y a guère place pour les bons sentiments dans cette chienne d'existence et on ne fait pas toujours ce que l'on veut et on n'est pas des bœufs.

— Vous allez me jeter dehors, n'est-ce pas ? demanda Thérèse.

Elle avait les deux joues rouges et s'était aplatie contre les coussins du divan. Dome secoua la tête, gêné de son geste, le regard vague.

— Non, dit-il, je vais essayer d'arranger le pastaga.

Il se doutait bien de l'endroit où était parti se planquer l'infâme frangin. Laissant Thérèse sur le divan, il alla vers la table et se mit à garnir les chargeurs du P. 38 avec un chiffon car il avait été à bonne école.

— Driinng ! (c'est la sonnette de la porte).

Vivement, il camoufla le péteux sous un coussin du divan. Il fit signe à Thérèse d'aller se planquer dans la salle de bains. Ça pouvait être Simon et, bien entendu, à envisager froidement les choses, ça risquait de devenir son mauvais quart d'heure à la donzelle. Dome entrouvrit la lourde sans — l'imprudent — penser à mettre la chaîne de sécurité. Un maître coup de pinceaux de Moulou lui renvoie le battant dans le nez.

Tout le monde entre, sauf Chris-le-Bourgeois qui fait le toeuss en bas, au volant de la Mercedes. Dome a compris et d'ailleurs il faudrait être le roi des naves pour pas, vu que ces messieurs ont entre les mains de quoi équiper une petite section de commandos. D'habitude, quand ils ont le temps, ils laissent au Bègue le soin de faire les sommations, ça met du liant dans la conversation et ils se souviennent d'un encaisseur niçois qui avait mis cinq minutes à comprendre que ce mec lui ordonnait de remettre sa mallette et alors crac il avait vachement entravé quand trois pouces de lame d'acier décorée Acapulco lui étaient entrés dans le bide.

Moulou avait mis un rasoir à l'air, c'est pas qu'il manquait, sous son pardoeuss, d'armes à feu, mais il trouvait que le rasoir cadrait bien avec sa physionomie de pirate calabrais. Zé brandissait sa pétoire, garnie de deux chargeurs tête-bêche, Richard avait la main dans son poil de chameau et on se doutait que c'était pas pour se taper le sournois rassis.

— Va voir s'il y a quelqu'un, dit Richard à Ange-le-Bègue en montrant la salle de bains et la petite cuisine au fond du studio.

Dome se rapprocha en loucedé du divan, fit même un bon pas quand l'attention des truands fut attirée par leur gentil camarade ramenant devant lui une Thérèse pâlotte.

— Ta petite amie ? s'enquit Zé.

— Oui, dit Dome en regardant la fille droit pour lui faire comprendre de pas moufter sur les attendus et les aperçus de la situation pas blêcharde.

Richard fit le silence. Sa méthode à cet ancien gestapache : faire le silence, un silence même pas menaçant, même pas « à couper au couteau », un vrai silence où les yeux ne parlent pas, où les narines évitent de frémir. Dome ressentit immédiatement le côté serpent de la chose. Il se crispa sur place, à un mètre du divan.

— Tu es bien le frère de Simon, dit enfin Richard, Simon Mercourt ?

Ça y était, Dome s'en rendait bien compte, la fiesta allait commencer : des complices du coup de Nantes ou tout simplement des raquéteurs, gonzes toujours à l'affût d'affures fufuttantes. Il pouvait qu'acquiescer, d'autant que ces vilains avaient déjà dû lire son nom à la porte. Mais objectif, gagner le divan et soulever le coussin. Dome a une angoisse : a-t-il fait monter une balle dans le canon ? La sécurité est-elle sur le « S » jaune ou le « F » rouge ?

— On le cherche, ton frangin, dit Zé, on a des fleurs à lui livrer...

Chrysanthèmes...

— J'avais compris, grommelle Dome qui sent des chocottes maousses lui grappiller le dossard.

Ange est toujours près de Thérèse, le poignard magique tenu nonchalamment par la pointe de la lame. Moulou, avec une grâce sauvage, dépenaille au rasoir un fauteuil Voltaire, pour le plaisir uniquement.

— Alors, insiste Zé bien à propos, tu sais où il est, Simon ?

Dome dit qu'il sait pas et évidemment il sait

pas, il va pas faire de discours à ces gougnafes mais son frère, ça fait bien deux ans qu'il l'a pas vu, et la dernière fois, s'il se souvient bien, c'était lors d'une de ses sorties de tôle et il y avait du champagne et de la viande saoule et des petits gâteaux et Simon qui n'était pas ivre tanguait quand même, comme si le grand air lui avait filé des jambes en coton.

— Ho ! fait Richard vers Moulou.

Le rabouin a saisi et à vrai dire, ça faisait un sacré moment qu'il attendait l'ordre. Ange-le-Bègue a croisé ses poignets à gourmettes sur la gorge de Thérèse : deuxième étranglement mais autodidacte, Ange n'a jamais eu les moyens de se vautrer sur un tatami. Thérèse plie les genoux, Dome essaie même pas de se lancer à son secours, la discussion avec un M. P. 40 bien pointé sur votre nombril récuse franco la plus subtile dialectique.

Moulou s'avance en se dandinant. Il a son razif à la main, plus exactement tenu de trois doigts, ça donne à la lame effilée une flexibilité menaçante qui pourrait convaincre, quel que soit son dégoût, le plus sommaire des anthropomorphes, à taper d'un trait et sans le moindre hasard, les œuvres complètes de Sollers sur un clavier arabe.

Il prend son temps, le Moulou, il pince de la main gauche la bretelle du transparent déshabillé, la coupe. Il opère de même de l'autre côté. Le torse se dénude, splendide, le nylon va en tourbillonnant délicatement, se tirbouchonner autour des hanches.

— Je ne sais rien, dit Dome d'une voix blanche et il se demande, en entendant ses paroles, de quelle couleur est la voix en temps ordinaire.

— Nous non plus, dit Richard, on sait rien, mais la différence est qu'on veut savoir.

Soigneux, Moulou attrape le tissu et le fend jusqu'en bas. Tout s'écroule sur la moquette et Thérèse est vraiment brune. Elle ne fait pas un geste, elle ne met pas un bras sur la poitrine ni la main en coque sur le sexe.

— Il n'est pas venu ici, dit Dome.

Richard claque des doigts. Ange lâche sa prise et s'écarte de la femme nue. Il est un peu congestionné. Moulou pourrait l'être énormément mais il est tellement noir que rien ne transparaît. Richard est indifférent. Péripétie. Zé a un chouïa détourné son attention de Dome qui va donner du genou contre le divan ; plus qu'à soulever le coussin et saisir l'arme. Mais est-elle en position immédiate de tir ?

Thérèse recule jusqu'à se trouver le dos au mur. Moulou s'avance, il aurait sacrément envie de ricaner sombrement, comme un traître de cinoche. Encore une incomparable qualité de silence qui touche tout le monde comme un maelstrom gris-surréaliste. C'est dans l'ouaté doigté que Moulou abat son rasoir, deux fois rapides. Les seins de Thérèse laissent maintenant apparaître deux fines rouges lignes de démarcation. Puis le sang perle et ce sont d'abord les mamelons qui semblent se recroqueviller d'horreur, mais le visage de Thérèse les suit, il se ride jaunâtre et elle s'effondre avec un gémissement contenu.

Zé détourne son regard vers Dome avec une expression apitoyée, prêt à vouloir dire :

« Hé mon p'tit pote, faut pas t'obstiner, ta gourdiche si tu continues, elle va pouvoir servir de réclame à un voyage pour Salt Lake City, cause donc et fais pas ton fier... »

Quand il s'aperçoit que Dome a un feu dans la pogne, qu'un coussin du divan semble suspendu en l'air, qu'il a tout juste l'œil professionnel d'enregistrer que c'est un P. 38. Le premier coup de flingue tonne dans le studio, Dome troublé a envoyé sa valda dans le pied de Moulou, alors qu'il avait vraiment l'intention de le tuer. Zé plonge vers la porte mais il n'a plus les réflexes, il s'assomme à moitié en touchant terre et lâche sa titine. Ange-le-Bègue balance son bras très haut, le poignet souple, en esthète du schlass. Dome tire une seconde fois et cette fois, la bastos fait mouche et Ange s'écroule, ayant conscience avec mortification que le poignard frappe le mur à vingt centimètres de la tête de Dome, et — honte des hontes — le manche en avant, Richard a suivi le mouvement de Zé et se trouve planqué dans le petit bout de couloir qui précède la porte.

Thérèse, bêtement, est restée debout contre son mur, les roberts dégoulinant de sang, Moulou à ses côtés. Moulou perd pas de temps : malgré la balle qui est entrée dans sa chaussure, qui a dû lui broyer l'orteil et qu'il sent rouler sous la plante des pieds, il défouraille son arsenal et commence un feu d'enfer. Dome plonge derrière le divan ; il n'est pas tout à fait persuadé que ça suffira à arrêter les balles et il a raison car une qui transperce l'armature vient de lui faire gicler du plâtre sur la figure.

En boitillant, mais à une vitesse incroyable, Moulou traverse la grande pièce et va rejoindre Zé et Richard dans le couloir. Il récupère au passage le M. P. 40 de Zé, couvert par Richard qui arrose au Lüger, c'est une reproduction en 22 L. R. mais ça fait son effet, Dome reste tapi derrière le divan, acagnardé dans une position grotesque de fœtus contorsionniste.

— Faut se tirer, dit Zé découragé, trop de bruit...

Ils passent sur le palier, soutenant Moulou sur un pied. Ils descendent à l'étage au-dessous ; heureusement, l'ascenseur est encore là. Le manouche inonde le plancher de son sang et laisse des traces de semelle rouges dans la cabine. En bas est Chris-le-Bourgeois qui rallège à la rescousse carabinière.

Des lumières éclatent la nuit, avec des piaillements de femmes, des gosses qui attendent la guerre dont leurs vieux les ont tant serinés, pensent que bon, ça y est, on va pouvoir rigoler. La grosse Mercedes démarre dans un moelleux demi-tour, tous feux éteints, quatre paires d'yeux de chats trouent les ténèbres et Moulou se déchausse et il regrette bien d'avoir abandonné son razif parce que c'était un souvenir de jeunesse, même que c'est avec icelui qu'il avait étripé Gros Riton à Saragosse, je sais pas si vous vous en souvenez.

— Habillez-vous vite, dit Dome, mettez un mouchoir ou n'importe quoi sur vos blessures et allons-nous-en.

Dans les étages de l'immeuble, ils téléphonent tous en même temps aux lardus et déjà dans leurs pourries calebasses, ils répètent ce qu'ils diront et sûrement qu'il y a eu plus de trente coups de feu tirés et certainement qu'euxzigues à tant d'émotion vont rapide et fortissimo calcer mémaine après et peut-être ils auront leur photo dans le baveux le lendemain mais pas pour avoir calcé mémaine.

Thérèse met un soutien-gorge, c'est pas souvent mais c'est pour tenir en place les mouchoirs qui colmatent les plaies, elle passe une robe et c'est tout. Le tissu est bientôt imprégné de raisiné mais bon, ça va, il est rouge avec des fleurs, ça se remarque pas trop.

Dome regarnit le chargeur, fait monter une balle dans le canon (cette fois-ci, il en est sûr, il a eu trop de sueurs tout à l'heure à se le demander et bienheureux qu'il l'ait fait). Il sort sur le palier pour appeler l'ascenseur. Le type d'en dessous montre une gueule de musaraigne et se fait hardi :

— C'était chez vous, Monsieur Mercourt ?

— Va calcer mémaine, dit Dome.

Thérèse arrive et ils entament la descente alors, qu'au loin, on entend la sirène des poulets qui essaie de trancher le brouillard. En bas, le concierge, retraité des Douanes et qu'en a vu d'autres, ohlala, essaie de leur barrer le passage en poussant des petits « hep ! hep ! » qu'on dirait émiettés. Dome sort son flingue mais le vieillard insiste. Hep ! Hep ! Dome abat son bras, tout le pontet et une partie du canon lui dégringolent sur le crâne.

En haut, dans le studio, une balle dans le mou, Ange fait, avec ce qui lui sort de la bouche, de jolis dessins abstraits roses sur la moquette. Il se pardonne pas d'avoir manqué son coup de ya voltigeur. On lui avait toujours dit qu'il l'avait magique, massacreur imparable. Le claquement mat du manche sur le mur, c'est l'humiliation suprême ; il fait bien de clamcer, sa réputation s'en serait pas relevée.

— J'ai quand même pas de pot, il dit tout haut dans un hoquet rosé.

La consolation, il n'a ni zézayé ni bégayé. C'est bien tard, Ange, alors il complète le dessin de salive et de sang sur la moquette, il écrit « zut » d'un doigt tremblant, il essaie de se relever pour récupérer son ya mais c'est rigolo, ça tangue, ça lui rappelle la traversée Corse-continent, bon, v'là autre chose, il croise ses mains sur sa poitrine froide, les gourmettes font toujours aussi cadènes sur gisant à Cusco, quand les poulardins arrivent il a son dernier hoquet, un moqueur qui asperge Carteret jusqu'à la ceinture.

*

Simon marche. La nuit n'est pas belle, la nuit est cacateuse et la chaussée glissante. Les deux flingues rabotent les abdominaux. Le ciel sombre-bouillon lansquine à vache-que-veux-tu et alors c'est pas bientôt fini ces descriptions à la con ?

Derrière lui, des phares trouent la noïe,

l'amorce de la longue ligne droite où peine depuis un quart d'heure Simon. C'est pas la première, mais nulle s'est arrêtée, c'est même rigolo, les gens prennent toujours en stop quand il fait beau et jour, c'est-à-dire quand on s'en fout un peu, mais sitôt l'intempérie barbare, macache mon gars, tu peux te faire souper, je pile pas. Mais Simon est pas patient pour un rond...

Il détache la grenade déf' qui pendouille à l'intérieur de son pardessus par un mousqueton. La voiture est à cent mètres, Simon calcule pour pas l'endommager, il dégoupille, compte dans sa tête et balance l'engin de l'autre côté de la route, dans le fossé boueux, juste comme la chignole arrive à sa hauteur. La flotte gicle de tous les côtés, avec des paquets d'herbe trempée et des mottes gluantes. Assurément, le conducteur n'y voit plus rien, le souffle de l'explosion a également dû lui flanquer une belle panique, d'autant que la voiture est une 2-chouaux un peu poussive.

Simon dégaine son Cougar et se précipite à la portière de la Citroën qui a pilé. Il l'ouvre, empoigne le conducteur au colbac et lui colle le canon sous le nez. *Ça* éclate en sanglots, *ça* y en a avoir une queue de cheval et *ça* y en a être une jeune fille blonde et tremblante.

— Je vais pas te violer, petite, dit Simon en

consolation et en la repoussant côté passager pour prendre le volant.

Évidemment, Queue-Dchoual a calé son moteur d'émotion et la tire se fait prier pour redémarrer. Simon jette un œil sur le fossé : un cratère glougloutant où périrent, oh combien de limaces, oh combien d'escargots. La 2-chouaux à Queue-Dchoual consent enfin à vaguement hoqueter et Simon se range pour aller essuyer le pare-brise souillé.

La petite blonde est recroquevillée sur son siège, elle chiale la figure cachée dans ses mains. Simon remarque un caducée collé sur la vitre. Il lui écarte les menottes, elle est toute mignonne, fait môme pas bien nourrie.

— T'es étudiante ? demande Simon.

Elle fait oui avec la tête, sa queue retenue par un élastique fait fringante pouliche à qui on propose une carotte. On va pas la violer ? Ah bon. Elle serra son baisen' contre elle, Simon qui a démarré remarque le geste, se marre ·

— C'est pas à tes éconocroques que j'en ai non plus. Juste besoin de ton moyen de transport.

Ç'aurait été un mec, Simon l'aurait laissé à l'aise sous la flotte, qu'il se démerde à rentrer. Là, en conscience, pas goujat du tout, il pouvait que l'emmener. D'ailleurs, ça pouvait servir, il gambergeait, à cette heure maintenant, « Le

Fleuve impassible » était lourdé, Xavier sûrement loin avec l'empaffée de Thérèse (non, bon, d'accord, pas empaffée, elle se rendait pas compte, Seychelles, création artistique, tralala), Simon estimait qu'il devait prendre du champ, il savait que le petit frangin Dominique habitait en ville mais pas exactement où.

— T'habites toute seule ?

La jeune fille avait arrêté de chialer et déjà, sournoise, regardait Simon d'un coin d'œil curieux. « L'air taureau, mais pas le taureau méchant, skecé ? Un évadé de prison... Ohooo, une victime de la société... »

Claudine était gauchiste et Claudine, en secouant sa queue blonde, dit que oui, elle habitait seule, d'une petite voix craintive, mais on sentait bien qu'il faudrait pas la pousser trop pour qu'elle raconte illico sa vie. Simon entrave aussi l'embellie, il fait semblant de se concentrer sur la conduite, il paraît hypnotisé par les essuie-glaces, il serait malin, il glisserait la chaude-pogne sous la jupette, mais il est pas malin et plutôt réservé.

La ville arrive avec sa banlieue de province qui, malgré tous ses efforts, n'arrive pas à faire aussi pauvre que la ceinture crasse de Paris. Déjà longtemps que les quinquets sont éteints, la seule source de lumière, mince, c'est les projos de la tôle qui balanstiquent leurs pinceaux vers le bas-plafond.

— ... tu t'appelles comment ?

Il parlait Simon depuis un moment et Claudine avait presque oublié la vache coup de la grenade défensive dans le fossé, il disait qu'il se nommait Simon et qu'il savait pas où crécher et que somme toute, sa vie avait été bien malheureuse, tous coups de lattes au derche pour cézigue, toutes embrouilles recta pour sa pomme et sa voix sincèrement était mouillée d'émotion.

— Est-ce que... heu... vous voulez venir chez moi ?

Le petit ton ferme et responsable, la queue blonde qu'il voit plus parce qu'elle s'est tournée vers lui et qu'elle le regarde de grands yeux confiants et gentils. Le béaba de la B. A. Sacrée Queue-Dchoual !

— Je suis encombrant, tu sais, et j'ai des choses à faire...

Ça fait rien, elle s'est décidée, ce minuscule bout de femme dirige maintenant :

— La première à droite... à gauche. Stop !

Simon pile la voiture au ras du trottoir ; c'est une petite maison genre pavillon, blanc et impersonnel au milieu d'une dizaine d'autres. Derrière, ça semble être un terrain vague, avec des mamelons pelés et des cratères puants.

— L'ancien champ de manœuvres des tanks, explique Claudine en descendant, ses clés à la main. Ils vont y construire des immeubles.

— Dis donc, s'enquiert Simon sur le seuil, d'où tu revenais à cette heure-ci ?

— De chez mes parents, elle dit pas contente de l'inquisition, ils habitent Thouars.

— Tu es allée à Thouars, dit Simon sans conviction, uniquement pour détendre l'atmosphère.

Queue-Dchoual qui a entendu cent mille fois la plaisanterie hausse les épaules et ouvre la maison qui leur envoie au visage une chaleur rassurante de foyer et tout ça. Il y a deux pièces, une chambre avec un bureau chargé de bouquins, des posters aux murs, des avec culs et des avec fleurs, et une salle de séjour avec un buffet Henri III briqué à mort sur le haut et peint en blanc laqué à sa partie inférieure. Le genre pop pauvre, quoi. Plus une cuisine assez vaste, une salle de bains et une sorte de placard-remise bourrée de revues médicales et de *Nouvel-Obs.*

— Vous avez peut-être faim ?

Simon cherche ; voyons, il a briffé à midi avec Xavier, pas depuis, c'est vrai que tout ça s'est passé incroyablement vite, depuis la veille au soir où il était couché avec cette sympathique grosse putain, Maïa, il croit, Enrico-la-Limace avec ses quatre valdas bien groupées dans le bide, la décarrade de Thérèse, l'exécution de Rabi et la bagarre avec Xavier, ça s'est déroulé en un peu plus de vingt-quatre heures.

— Oui, s'il vous plaît.

À tant d'aisance qu'elle a à déambuler son fion menu dans la jupette-kilt, il se surprend à la vouvoyer, Queue-Dchoual, plus du tout grand méchant loup. Elle file vers la cuistance faire sauter œufs en poêle et Simon tire une chaise. Le coup de barre qui arrive maousse, alors quand elle revient précédée d'une odeur de trop-frit, elle le trouve la tête appuyée entre ses bras sur la table. Il pionce.

— Pauvre chou... elle s'apitoie.

En le secouant, elle le fait lever, il s'appuie sur elle pas grande ni costaude, elle le traîne vers la chambre et ils s'effondrent tous les deux sur le page. Soigneuse, elle lui enlève ses pompes boueuses, sort les flingues des étuis, elle va éteindre toutes les lumières, dispose une couverture sur ce grand corps inerte, se désape et se glisse sous les draps.

Enfin dénoués, ses grands cheveux blonds font comme une barbe incongrue au visage fatigué et clos de Simon.

*

Bon, quand la mère Leval dort, elle dort nom de nom, elle voit vraiment pas pourquoi elle se relèverait parce qu'un furieux carillonne à sa lourde. Elle se retourne entre ses draps gris, recale sous le polochon la bottine où planque son oseille.

— C'est pas le vieux, il est rentré paf t'a l'heure et doit pioncer dans l'escalier. C'est pas Toto, il est dans sa piaule. La Carène qui m'amène un lot ? Plus souvent qu'il transbahute la came dans la poussette en pleine nuit !

Depuis qu'on a viré les Puces du pied de l'église Saint-Paul, soi-disant pour y construire un parking souterrain de mille places, la mère Leval bouge plus des masses. Elle travaille à domicile, d'ailleurs, elle va atteindre soixante-douze ans, rendez-vous compte, les départs dans le petit matin avec le plateau, s'engueuler avec les troncs, se cailler les pognes, ah non merde alors !

Que les chouraveurs ils s'amènent ! Que les fourgues plus gros qu'elle se déplacent à l'argougnage ! Savez-vous que maman Leval elle a connu le premier Marché aux Puces, un qu'on voit sur les cartes postales sépia, sur les bords de la Loire, et que ça date pas d'hier et que le commerce il était pas ce qu'il est aujourd'hui. Du temps où par bol, on pouvait trouver une bergère Louis XVI pour cent sous et le rouquin de la peine au vendeur.

Le père Leval stertore dans le couloir, pas de danger que la sonnette le dérange. Toto, lui, Toto c'est son fils, il doit partir de bon matin avec Joseph la cloche pour faire les poubelles, il se lèverait pas pour un Empire, mais qui voulez-vous donc qui propose un Empire à Toto même pour rire, avec cette bouille lunaire, croûtonneuse et cradingue, sa démarche pingouine et ses chasses qui, à cinquante berges, restent aussi enfantins qu'à cinq ans.

— Ça va, ça va ! gueule la mère Leval en se levant, on vient.

Le tapage risque d'alerter les voisins qui se feraient un réel plaisir d'appeler la poulaille et la poulaille, je vais vous l'apprendre, elle adore venir chez la mère Leval, heure légale ou pas, sauf quand la vieille leur balance des roulements à billes sous les pas ou leur verse le pot de chambre sur la tête, mais ça c'est les risques du métier.

Elle descend les deux étages, elle a mis un passe-montagne, une grande capote militaire sur la chemise de bonne sœur qui lui sert de vêtement de nuit. Elle traverse la cour encombrée de ferraille et de ballots de chiffons, pestant contre la bruine, pestant contre Joseph le Clodo qui dort dans le « hangeard » et qui pointe sa trogne avinée, pestant contre l'importun.

— La peste soit de l'importun, petit-Larousse-classique-t-elle, qui est là ?

— Xavier, je dis de l'autre côté de l'épaisse porte de chêne, le petit Mercourt.

Je suis trempé et je grelotte, pour brouiller les pistes, j'ai laissé l'ID à près d'une borne d'ici, en plein dans le centre d'Orléans. Je ne sais même pas comment j'ai pu arriver jusqu'à la ville, parfaitement sonné que j'étais, abruti par les mectons qui roulent peut-être pour moi mais qui ne m'en envoyaient pas moins des giclées de phares dans les mirettes.

Elle entrouvre le portail pour m'examiner : toujours aussi méfiante la vieille, on peut pas dire qu'elle ait tort, de nombreux chenapans demandent pas mieux que de lui serrer le kiki pour attriquer un ganot qu'ils miraginent mirifique.

— Ske tu fous là ? demande-t-elle en me laissant enfin entrer.

— Écoute la mère, je dis, j'ai des ennuis, il faut que tu me planques.

— Alors ça recommence tes conneries, elle explose de sa voix cassée, je croyais que tu t'étais acheté une conduite avec ta boîte !

Je moufte pas. La mère Leval est la seule de la famille qui ait le pouvoir de me faire rabattre mon caquet. Je la suis vers l'immeuble délabré qui, avec ses carreaux cassés et remplacés par des cartons ou des chiffons de couleur, donne assez bien l'impression d'un navire corsaire bombardé et flottant à la dérive.

Mon père a été le premier fils du premier

mariage de la mère Leval, chiffonnière en chef et reine des cloportes d'Orléans. Il y a bien longtemps que ce vieux pépé Mercourt a été passé à la moulinette de la cirrhose, la vraie grande qui vous boulotte le « buvard » de l'estom', longtemps qu'il a été remplacé et longtemps que la mère Leval a oublié mon père, clams aussi et également belle canaille par parenthèses.

On monte l'escalier, elle grommelle toujours entre ses chicots, je heurte au passage ce dégoûtant ivrogne de père Leval, ancien flic de surcroît, qui pionce sur le palier dans des ronflements malodorants. Moi, c'est pas pareil, elle m'a toujours eu à la bonne, depuis le jour où mon paternel m'avait fiché à la porte pour velléités artistiques (voyou, ça il s'en foutait) et qu'elle m'avait recueilli, crotté comme ce soir après presque cent bornes faites à bicyclette.

— Reste là pour le moment, elle dit en m'ouvrant la porte d'une carrée emplie de peaux de lapins, on avisera pour la campagne demain...

— Tu m'as compris, la vieille, je lui fais avec un clignement d'œil affectueux...

Dans la pièce à côté, ça doit être mon oncle Toto l'innocent qui loge. La planque est bonne ; qui penserait que Xavier l'élégant, Xavier le dégoûté artiste est venu se réfugier dans cette crasse et ces odeurs troubles. Je pose mon fusil à canon scié et la sacoche aux briques sous les peaux de lapins et je m'effondre dessus. Class !

IX

Richard connaît tout le monde et partout. Vous lui dites telle ville, sitôt il vous répond : « Nénesse-le-Rupin, 1948, pas foireux mais bavard. » Telle autre, hop : « Giorgio l'Étrangleur, 1937, le doulos mais m'a déjà sauvé la mise. » Un vrai Bottin du mitan et tout ça à base de compromissions, de services prêtés pour un rendu et plutôt deux fois qu'une, de moches coups durant l'Occupation, de parfois plus horribles pendant l'Épuration. Il naviguait pas dans le minos, Richard, ses potes ils avaient connu les années terribles, des bourlingueurs aussi dont l'espèce semble d'ailleurs pas terminée avec Christian David, des zébrés ruffians qu'avaient bossé en Delahaye et en Traction-Avant, des chevronnés qui se rappelaient Spirito et des patouzes en bois à Colonna.

Là, dans cette ville, il cherchait, il se sentait un peu en défaut. La Mercedes garée près d'un jardin public, Zé, Chris-le-Bourgeois au volant, Moulou qui jactait pas malgré la douleur, ils attendaient la révélation. Le rabouin s'était complètement déchaussé, il sentait parfaitement le morceau d'acier qui était rentrée sous la plante du panard et qui glissait en irradiant des ondes de douleur.

— Ça y est, s'exclama Richard, et puis ça tombe même bien : Doc-Charlie, 42, ivrogne et pétochard.

Il oubliait de dire « pas plus docteur que mes burnes » mais enfin, Doc-Charlie dans cette pestouille de la rue de Courcelles, le jour où de vrais inspecteurs s'étaient montrés plus hardis que d'habitude et avaient logé une bastos dans sa cuisse, Doc-Charlie s'était montré parfaitement efficient dans l'extraction. Richard l'avait perdu de vue depuis ces jours exaltants, il croyait savoir qu'il était allé faire un tour en Argentine, le temps que les passions se calment ; un type lui avait dit l'avoir rencontré dans cette ville, qu'il se serait complètement retiré, marida même, et qu'il était infirmier dans une clinique, preuve que sa vocation s'était en partie réalisée.

— Doc-Charlie, insista Richard à l'adresse de Zé, tu te souviens pas ? La fusillade avec les poulets rue de Courcelles ! Même qu'on en a retrouvé un plus tard, rue Lauriston, et qu'il a eu droit à la spécial-baignoire.

— Me souviens plus bien, dit Zé. Il habite ici ce Charlie ?

— Paraîtrait, fit Richard, je crois me rappeler son nom, on va tâcher de téléphoner à toutes les cliniques pour qu'ils nous donnent son adresse personnelle.

— Pourri de gadjo ! grogna Moulou en parlant de Dome. Celui-là, il faudra que je me le fasse !

On le lui promit. Avec désespoir, Chris-le-Bourgeois regardait par-dessus son épaule la mare de sang qui souillait le tapis de sol de la Mercedes. Il démarra vers la gare, sur les indications de Richard qui savait qu'en province, il n'y avait que là qu'on pouvait trouver des rades ouverts la noïe.

Dans cette ville, la gare était un cul-de-sac, on ne pouvait pas aller plus loin et si on allait, on risquait de rater la marche des fois que la terre serait pas ronde. On avait oublié des Portugais qui baguenaudaient, frais débarqués et qui n'osaient pas entrer au « Terminus » ou à « l'Hôtel de la Gare », alors ils avaient laissé les femmes et les gosses calés entre les valises et les balluchons, dans le hall et ils marchaient dehors pour se réchauffer.

Zé entra au « Terminus » qui sentait le maldormi et le petit marc costaud. Sur sa bonne mine et le scotch double qu'il commanda, on consentit à lui prêter un annuaire dépenaillé, tout en l'observant du coin de l'œil pour s'assurer qu'il l'emmenait pas aux goguinets. Il y avait sept cliniques, Zé tomba sur la bonne au quatrième appel, on lui donna sans difficulté l'adresse de Doc-Charlie.

— Je l'ai, dit-il à Richard en grimpant dans la Mercedes. Pourvu qu'il ne soit pas devenu complètement cave...

Les Portugais oubliés mangeaient du saucisson de cheval en mêlant leurs buées au brouillard sur la ville.

*

Le commissaire Carteret l'avait secco : le petit Dominique Mercourt l'avait vanné de première avec ses airs innocents. Résultat, un macchabée sur les bras et le bas du futal irrémédiablement taché. D'autre part, comme on s'en doute, le tuyau refilé par Xavier à propos de son frère Simon s'était révélé à l'usage bidon et compagnie.

Bref, toute la famille Mercourt était dans la nature (Carteret venait de téléphoner au « Fleuve impassible » et personne n'avait répondu), l'un des trois ou tous les trois en même temps avaient les deux cents briquettes et les vengeurs étaient aussi dans la ville. Un appel dare-dare lancé vers le Sommier des Orfèvres avait permis d'identifier Ange-le-Bègue, facilement reconnaissable à cause de son (mauvais) goût pour les gourmettes en jonc.

— Ça fait toujours un de moins, dit avec espoir un jeune inspecteur.

— Tu comprends, grogna impatiemment Carteret, je préférerais qu'ils aillent faire leurs rodéos ailleurs que dans ma ville.

Le jour allait maintenant se lever et les flics avaient mille kilos de carton-pâte sur le palais. On venait d'emmener Ange et son poumon troué, on avait relevé toutes les empreintes mais à première vue, ne s'y trouvaient pas celles de Simon. Les éboueux entamaient leur concerto de bruyance en ut poubelle ferraillante et les premiers boulots éclairaient vaguement les rues avec leur petit phare de vélomoteur.

Le concierge revenait de l'hôpital avec un beau bandage sur la tête qui le faisait ressembler à un gourou anémié. Carteret apposa les scellés, laissa un gardien au cas où... mais sans trop y croire. Il lança un avis général de recherche avec photos concernant les trois frères Mercourt. Seul Dominique qui n'avait jamais été condamné n'avait pas son portrait et on ne trouva rien chez lui.

*

Un peu braque, Dome n'avait pas conduit longtemps, très secoué par le ouesterne dans son studio. Thérèse se glissa sans un mot derrière le volant quand il en émit le désir. Elle aussi commençait à comprendre qu'on ne s'improvise pas arnaqueur sans scrupule sur un coup de tête. Tant que l'histoire se limitait à une lutte entre Xavier et Simon, les dégâts pouvaient rester dans des mesures convenables, mais maintenant que cette bande de massacreurs étaient dans le coup, ça changeait méchamment l'éclairage.

— Ça vous fait beaucoup souffrir ? demanda Dome en montrant la poitrine.

— Pas trop, dit Thérèse, mais ça saigne encore, il faudrait pouvoir faire un pansement correct.

Dome avait eu l'intention de filer directement sur Orléans, il se doutait un peu que Xavier s'était réfugié chez leur grand-mère. Mais il ne pouvait pas laisser Thérèse se vider ainsi, ça risquait d'être mauvais. D'autre part, s'ils ne sortaient pas rapidos de la ville, elle n'allait pas tarder à être bouclée, et même si en bonne logique, il pouvait alléguer la légitime défense quant à Ange, il serait néanmoins embarquarès dans les grandes largeurs.

C'est alors qu'il pensa à Claudine, cette petite nana, étudiante en médecine, qu'il avait rencontrée dans une boume, gentil goyau chez qui il était allé terminer la nuit. Elle pourrait sûrement soigner Thérèse sans trop poser de questions, il croyait savoir qu'elle avortait un peu pour arrondir ses fins de mois.

— Tournez vers la banlieue, dit-il à Thérèse en lui montrant une bretelle de l'autoroute qui s'enfonçait dans le coton, on va tâcher moyen de vous faire panser.

En outre, ça serait plus facile de sortir de là que de la ville même, de nombreuses rues s'enfonçaient dans la campagne toute proche. Pourvu que cette Claudine soit là. Il retrouva facilement le pavillon grâce au grand terrain vague bosselé où il se souvenait, étant gosse, avoir vu évoluer les gros scarabées d'acier de la Cavalerie motorisé. La 2-chouaux de la fille était garée devant la maison, elle était donc au gîte.

— Attendez-moi là, dit-il à Thérèse en s'extirpant de l'Austin, ne sortez que quand je vous ferai signe...

Claudine se réveilla immédiatement au bruit de la sonnette. Elle avait d'ailleurs fort mal dormi, Simon remuant sans arrêt sous sa couverture. Elle pensa à la Police et puis non, c'était idiot, comment auraient-ils déjà su et puis zut ce type, ce Simon, il était peut-être pas du tout recherché par la Police, ces — pouah ! — suppôts du capitalisme, enfin elle passa une robe de chambre sur sa blanche nudité d'oreiller et alla ouvrir.

— Bonjour Claudine, dit Dome, vous vous souvenez de moi ?

Oui, elle se souvenait vaguement de ce visage : voyons, il était du Secours Rouge ou du Comité pour le Vietnam ? Ah non, un dragueur, brave garçon au demeurant et qui, si elle se rappelait bien, ne l'avait pas déçue.

— Excuse-moi, dit-elle, mais je ne suis pas toute seule.

— Ça n'est pas pour ça que je viens, sourit-il, j'ai une copine dans la voiture qui a eu un petit pépin, elle est blessée et je me suis dit que peut-être...

— T'as bien fait, dit-elle en un charmant sourire secouriste et nounou, entre...

Pendant que Dome attendait Thérèse, elle alla fermer la porte de sa carrée. Thérèse sortit de la Mini, sa robe tachée jusqu'au nombril et, pâle, elle défaillait visiblement. Elle avait dû perdre pas mal de sang et Dominique se reprocha de lui avoir fait conduire la voiture.

— Pffuit ! siffla Claudine en matant le tableau, qu'est-ce qui lui est arrivé ?

— Une bagarre, dit, gêné, Dome en soutenant Thérèse jusqu'à la salle à manger. Elle a pris des coups de rasoir sur les seins.

— T'aurais dû l'emmener à l'hosto...

Puis elle se dit que Dome devait avoir ses raisons et n'insista pas plus avant. Elle fit étendre Thérèse sur la table et mit un coussin sous sa tête. C'était décidément une nuit fertile en événements. Elle prit une trousse et des pansements dans le placard laqué blanc, une paire de ciseaux avec laquelle elle coupa sur toute sa longueur la robe rouge qui collait au torse. Le soutien-gorge était également tout imbibé et quand elle l'ôta, ça se mit à couler sur la table.

— Les estafilades sont profondes, remarqua-t-elle, le gars qui a fait ça a pas lésiné, la vache.

Dome détourna le regard en se laissant tomber sur une chaise. La fille lui proposa un cognac qu'il accepta avec reconnaissance. Elle désinfecta les plaies à l'alcool, maîtrisant Thérèse qui se débattait.

— C'est pas très grave, dit Queue-Dchoual, mais elle gardera les cicatrices. Heureusement que les mamelons n'ont pas été atteints.

Verticales, les deux coupures disparurent bientôt sous du sparadrap qui maintenait des plaques de coton. Claudine força Thérèse à boire un verre de cognac qui lui fit monter aussitôt des rougeurs aux pommettes.

— Elle n'a plus de robe, réfléchit tout haut

la petite carabine, je vais lui prêter un pantalon et un pull à moi, on doit être à peu près de la même taille...

Elle vit soudain la bouche de Dome s'arrondir de surprise. Elle se retourna.

Sur le seuil de la chambre, l'homme qu'elle avait recueilli cette nuit, Simon, se tenait droit et pâle, ses deux armes en main.

X

Le matin avec ses doigts ouatés et comme le carreau de la petite fenêtre est encrassé en permanence, j'y vois à peine, c'est une peau de lapin puante sous mon nez qui me ramène à l'empestouillante situation. À côté, Toto se prépare en grommelant à partir pour la tournée des poubelles. Je ne sais pas si j'ai trop intérêt à me faire voir de lui, tellement con qu'il jobardise n'importe quoi à n'importe qui...

Je replonge dans le sommeil et puis ça devient difficile parce que ça gueule dans la maison : je reconnais la voix criarde de ma grand-mère qui agonit son homme. Il a dû, à ce que je comprends, s'oublier dans son futal et elle le prie d'aller se faire démerder ailleurs. Je me lève. Je suis tout moulu.

Dans le couloir, le père Leval se tient penaud, les moustaches barbouillées de je n'ose imaginer quoi, d'habitude il sait bien répondre mais il a pris une telle biture hier soir qu'il peut à peine décoller ses mâchoires.

— Tu veux un café, clampin ? me demande la vieille. Ce crétin de Toto a dû le préparer en bas.

Elle descend avec moi. Son petit déjeuner à elle, c'est frites au sucre et confitures. J'aime mieux ne pas la regarder.

— Bon, elle dit, raconte-moi maintenant : les flics ?

— Pas seulement, je dois avoir quatre ou cinq gus sur les endôsses qui me feront pas de cadeaux.

— Tu pouvais pas rester tranquille ! Avec l'instruction que tu as...

— Écoute la mère, ferme-la, j'ai pas envie d'entendre de la morale de si bon matin. Est-ce que tu connais quelqu'un à Orléans qui pourrait me faire des faux fafs ?

Elle réfléchit, sous l'intensité de l'effort, son petit visage rond et malicieux se plisse et se craquèle.

— C'est les Yougoslaves qu'ont ça en main, dit-elle enfin, j'ai pas beaucoup de rapports avec eux, c'est métèques et compagnie et pas francs. Tu veux mettre combien ?

— Tout ce qu'il faudra la mère, j'ai de quoi.

— Bon, quand Toto reviendra de sa tournée, je l'enverrai. Mais je te garantis rien.

— Il y aura un bouquet pour toi, grand-mère...

— C'est pas la question, grogne-t-elle, mais y'a aussi un autre aria : j'ai soixante-douze carats aujourd'hui et j'ai invité tous les gars à venir boire un coup cet après-midi, ça va être une grande fête...

C'est en effet le vanne sérieux, je vois le genre des invités, tous les traîne-lattes de la ville, les cloches, les roulottiers, les piqueurs de Monoprix, les chouraveurs de bicyclettes.

— Tu peux pas remettre ?

— Eh dis, petit, tu pédales dans le yaourt, regarde tout ça qu'est déjà acheté...

Autour de nous, il y a un tas de casiers de betteraves, des paquets de chips, des calendos et des saucissons à l'ail.

— T'auras qu'à te planquer en haut, je mettrai un cadenas pour que personne entre.

— Combien il faudra de temps pour les papiers, à ton avis ?

— Une semaine au moins, surtout si tu veux du soigné. Te faut un passeport ?

— Oui et permis de conduire, certificat de vaccination, le grand jeu, quoi !

Elle hocha la tête d'un air dubitatif. Je pensai quant à moi qu'en proposant le gros paquet — je pouvais refiler une brique, ça ferait pas le trou dans le ganot — les gars mettraient moins longtemps.

— Et tes frères, me demanda-t-elle encore, qu'est-ce qu'ils branquillonnent ?

— Je sais pas trop : Simon est à Paris et je l'ai pas vu depuis longtemps, Dome est resté pour s'occuper de la boîte.

— Un beau vaurien aussi ce Simon, il n'y a que le petit, si je comprends bien, qui n'a pas encore plongé dans vos malhonnêtetés.

Elle alluma son transistor, celui qu'elle portait en bandoulière quand elle faisait encore les marcas. Les informations...

« ... fusillade dans un studio, un mort qui se révèle être un repris de justice notoire surnommé Ange-le-Bègue. Le studio appartient à Dominique Mercourt qui est le frère d'un des gangsters soupçonnés d'avoir participé au hold-up de Nantes qui... »

— Mets plus fort, la mère, et tais-toi !

Juste comme elle venait de dire que Dome était le chérubin, elle s'apprêtait à y aller sec au charron...

« ... Le troisième frère Mercourt est également recherché, il a disparu du cabaret qu'il gère à... »

— T'as les flics au cul et drôlement hein ? Et Simon ! Et Dome ! Vous me faites une belle brochette de sagouins, tous les trois, elle s'égosillait, la mère Leval.

Pour un peu, le spiqueur et elle nous auraient fait passer pour les frères Dalton... Je coupai le transistor, ça n'avait plus rien à m'apprendre. Je pigeais bien ce qui s'était passé : Zé et sa bande — il avait recruté chez Richard puisqu'Ange-le-Bègue était dans le coup — s'étaient pointés chez Dome et celui-ci, pas patient, avait flingué à tout-va. Il était donc maintenant en cavale et je voyais pas très bien comment je pouvais le retrouver. J'espérai que Sacha le barman ouvrirait quand même « Le Fleuve impassible » ce matin pour le nettoyage, c'était le seul moyen pour que Dome et moi on se joigne.

Et que devenaient là-dedans Simon et Thérèse ?

*

Thérèse n'avait pas encore remarqué l'irruption de Simon. Elle battait plus ou moins de l'œil, pas blêcharde, des tiraillements sourds dans les seins. Simon la regardait, lui, et pas qu'un peu. Et puis il se demandait ce que venait faire Dome dans cette histoire, s'il était avec Xavier pour l'arnaque. Ça expliquait qu'il le tînt en respect de ses deux rigoustins. Queue-Dchoual était dépassée : les mains encore rouges du sang de Thérèse, son regard allait de Simon à Dome qui paraissaient bien se connaître.

— Vous n'auriez pas dû faire ça, Thérèse, dit Simon d'une voix triste.

Thérèse sursauta et s'aperçut enfin de la présence de l'aîné des Mercourt. Un sale cauchemar où tout se mêlait, la bouille vicieuse de Moulou et les coups de feu dans le studio, la présence incroyable de Simon ici, le visage froid de Xavier avec des lambeaux de ses poèmes : *« Pyromane du plaisir... La satanée lumière qui m'incendie les yeux.... »* Elle tomba dans les vapes.

— Explique-toi, dit simplement Simon à son frère, où est Xavier ?

Dominique désigna Queue-Dchoual dépeignée et fit comprendre qu'il ne pouvait pas parler devant elle. Simon lui montra la porte de la chambre :

— Rentre là-dedans et n'en bouge pas.

Plus du tout M. L. F. pour un rond, Claudine s'engouffra dans la carrée, la trouille au ventre. Il lui semblait qu'elle avait mis les pieds dans un infernal pataquès où les règles de sa petite vie étudiante avaient guère de place.

— Voilà, dit Dome, je te promets que je n'étais au courant de rien, j'ai seulement récupéré Thérèse quand elle n'a plus voulu partir avec Xavier...

— Ses blessures ? demanda Simon en désignant du bout de son Cougar la poitrine dénudée et bandée de Thérèse.

— Une bande d'Indiens qui est entrée de force chez moi, ils voulaient *aussi* savoir où était Xavier. C'est une espèce de manouche qui a voulu la découper au razif...

— Moulou... dit rêveusement Simon en baissant enfin ses canons, ils ont réussi à retrouver ma trace.

Il se versa un verre de cognac et s'affala sur une chaise, vidé. Il regardait avec tendresse la jeune femme évanouie sur la table.

— Comment es-tu arrivé ici ? demanda-t-il encore avec plus de gentillesse.

— Je connaissais la greluche, dit Dome en montrant la porte, vaguement couchotté avec elle et je savais qu'elle étudiait le charcutage et pas trop bavarde dans le meilleur des cas. Je suis venu pour faire soigner Thérèse...

Ladite Thérèse commençait à remuer, l'œil encore un peu égaré. Elle s'assit sur le rebord de la table, toujours à loilpé mais personne pensait vraiment à ça ou alors c'est que les frères Mercourt étaient de rudes cochons.

— Bon, dit Dome en se dirigeant vers la chambre, je vous laisse, vous devez avoir à causer tous les deux...

De l'autre côté, Claudine boudait sur son lit en s'essuyant les mains au couvre-pieds. Dome s'approcha d'elle, défit le cordon de la robe de chambre et mit sa main sur quelque chose de chaud. Il s'allongea et, sympa, Queue-Dchoual lui révéla d'autres sources calorifiques et merveilleuses.

*

Gros papa Doc-Charlie était pas ravi-ravi de voir débarquer Richard chez lui, d'autant que sa légitime — patronne d'un salon de coiffure qui poussait la conscience professionnelle jusqu'à garder des bigoudis au lit — était absolument pas au courant de ses activités passées.

— T'inquiète pas, Mémaine, c'est des amis.

— Faut que tu le soignes, Doc-Charlie, il en peut plus.

Effectivement, Moulou qui n'avait rien d'une mauviette, montrait à cet instant de très nettes dispositions à tourner de l'œil. La balle roulait et se déplaçait sans arrêt dans son pied, heurtant parfois des tendons, provoquant des crampes intolérables.

— Tu te souviens, Doc-Charlie, de la rue de Courcelles, disait Richard pour encourager l'infirmier.

Doc-Charlie se souvenait plus, voulait plus en tout cas ; il avait perdu un tas de douilles, avait gagné sur le bide un bath coussin de couenne, Doc-Charlie voulait oublier le temps maudit où il avait recousu une bite de youtre déchirée par la dent féroce de la comtesse Lilli, l'égérie de ces messieurs... pas par humanité, uniquement pour présenter le deux fois circoncis à la Gestape qui voulait, en toute correction, faire gazer que des mecs entiers.

— T'as pas bonne mine, disait Richard en faisant gonfler exagérément la poche de son imper, l'Argentine qui t'a pas réussi, probable.

Doc-Charlie entrava immédiatement. Il connaissait Richard, et pour autant qu'il aime se souvenir, ce zigue n'avait pas de pitié pour personne : sa grande gueule sèche aux yeux bleus, cette mâchoire carrée qui s'était à peine affaissée depuis un quart de siècle, tout ça l'inclinait à la plus extrême prudence.

— Dors, Mémaine, c'est rien que des copains...

Il alluma son briquet pour désinfecter un bistouri, action propre à lui concilier la sympathie de Richard qui concevait la chirurgie que sommaire et, somme toute, fort peu prophylactique, mais ça se comprenait vu que lui Richard, n'avait connu les interventions charcutières que dans des conditions agitées et flingardes.

Doc-Charlie fendit la plante des panards au gitan qui broncha pas, faut pas croire : son honneur à ce pante, souffre et tais-toi, plus ça cogne aux nerfs et plus que t'es un homme, on te lavera après au ouisquie. Au cinoche, les truands aiment pratiquement que les ouesternes...

La balle de 9 mm parabellum brillait dans un cendrier. Doc-Charlie bricola un pansement, le visage fermé, pas heureux de revoir de si vieux copains. La mentalité se perd si vous voulez l'avis à Zé qui vient de retapisser Charlie : la rue de Courcelles, mais oui !

— Tiens, Doc-Charlie, dit Richard en tendant une liasse de Corneilles à l'infirmier, pour tes faux frais.

L'usage, entre vieux potes de la der des der, voudrait qu'il refuse les cent sacs, Doc-Charlie. Mais sans honte il l'enfouille, le pacson, voulant montrer par là qu'il se désolidarise des agissements futurs de cette bande d'agités.

— Xavier Mercourt, ça te dit ? lance Richard en prenant congé.

— Un cave, dit Doc-Charlie, frottant d'une main sa calvitie et de l'autre sa confortable obésité, je fréquente pas, surtout un cave qui se prend pour un demi-sel qui se prend pour l'affranchi mastard.

— Bon, alors salut, Doc, dit Richard en serrant une main molle.

— Je pars en vacances, conclut Doc-Charlie et ça veut dire que class, qu'il veut pas être mêlé à des histoires de brigands, que là il a été pris à l'impromptu, que son vieux cœur est bien fatigué, que sa Mémaine a des bigoudis dont il faut respecter la frisure, qu'il a pas envie de se retrouver encore à Buenos-Ayres, que les flics le laissent pioncer dans son pyjama à pois, qu'il se croit pas autorisé par la morale à opérer des truands plombés, qu'au train où l'âne trotte, il se repiquera secco au Sommier avec une pastille rouge, bon salut les poteaux, à pas un de ces jours...

— Le seul moyen qu'on ait de les reloger, dit Zé une fois qu'ils sont tous revenus dans la Mercedes, c'est de monter une planque autour du « Fleuve impassible ».

— Tu parles d'un con de nom, dit Chris-le-Bourgeois en passant sa première, ça veut dire quoi au juste, « Fleuve impassible » ?

— T'as raison, dit Moulou qui se sent plus le panard, cause-moi du Tampico ou du Vénusia, ç'a l'air de quelque chose au moins.

— Bon, dit Richard qui perd rien de vue, on va se dégotter un hôtel et chacun à tour de rôle montera un tour de garde autour de la boîte aux Mercourt.

— Gy !

*

Est-ce que la Toussaint est passée ou pas ? Va savoir, ce qui est sûr, c'est qu'Enrico-la-

Limace, Rabi, Ange-le-Bègue, Maïa, auront pas droit à de méticuleux ratissages sur leurs tombes. Les deux postiers de Nantes, si ; la famille, les pététés réunis, ça donnera même sûrement à quelques envapés notoires l'idéal monstrueux de se faire flinguer pour défendre quatre sacs de jute.

Bon, en tout cas, on est à un nouveau jour et il fait gris persistant, il fait carambolages sur les autoroutes, il fait bitures réchauffantes, il fait veilleuses en plein jour. Il fait jour, malgré ça, la lumière brûle dans un petit pavillon blanc de la banlieue de cette ville, Dome se fait sucer par Queue-Dchoual dans la chambre, Thérèse va chercher la couverture du canapé pour se la mettre sur les épaules.

— Il faudrait sûrement que je vous demande pardon, Simon ? dit-elle.

— Vous êtes conne, dit Simon en lampant son sixième verre de cognac, je ne vous demande même rien !

— Il faut pourtant que je vous dise.

Drapée ainsi dans la couvrante, elle fait plus princesse aztèque que jamais, ses longs cheveux bruns sur les épaules, ses yeux calmes qui semblent accepter l'inacceptable, tout ça fait que Simon sent un machin là... dans les tripes, comme devraient éprouver tous les « champêtres » qui chopent un môme dans un verger.

— Je suis Simon, dit Simon, d'accord, c'est surtout moi qui ai causé, les autres fois, c'est sans doute de ma faute tout ça, le fric que vous pouviez pas savoir, ces histoires de truands que je vous racontais, ça a pu vous porter sur la tête. Je suis bien content de vous retrouver...

À l'entendre dégoiser, Simon, on le voit plus du tout avec ses deux flingues (Cougar Beretta, simple action, culasse non calée et 9 mm court — Smith et Wesson, double action, barillet tombant et .38 Special). Il va vers la table, il prend Thérèse dans ses bras, un truc dont il a envie depuis six mois, un truc simple qui est tout doux, une tête dans le creux de l'épaule, voilà une princesse mignonne et plus hautaine qui vous vient ronronner contre vous. Osez !

— Ça n'est pas si simple, Simon, dit la princesse, il faut que je vous dise...

Des bruits de sommier viennent de la pièce d'à côté. Claudine brame un peu au clair de lampadaire.

— Bon, dit Simon, je me doute. Xavier vous a lancée dans mes pattes, je vous dois certainement plus d'ennuis que je le présume. Bon, ça ne m'intéresse pas.

Thérèse se blottit encore plus fort contre Simon. Cette aube évoque une chaude soirée au coin d'une cheminée crépitante, avec des marrons dans le feu, les grogs dans des verres à moutarde. Mais pas à s'y gourer, comme une réalité poignardante, le jour est là, avec son putain de cochon de soleil qui se planquouze derrière une brume tenace, ça fait réfléchir, la réalité...

— Qu'est-ce que vous allez faire pour Xavier ? s'enquiert doucement Thérèse.

— C'est un nuisible, dit Simon après un long moment de silence, il ne saura jamais que faire le mal.

Ça lui coûte de parler ainsi, biscotte ça sous-entend un tas de choses, des résolutions inexorables. C'est pas pour le fric, oh non, c'est parce qu'il arrive un moment dans la vie d'un être où il en a marre d'être éternellement couillonné, de payer pour les autres, dans le cas très présent, Simon se souvient des dizaines de fois où, môme, il a dérouillé pour Xavier, des moments horribles, adolescent, où cravaté par les cognes, il a assumé seul les responsabilités des minables casses opérés à deux, des jours où il a tout laissé tomber pour aller donner un coup de péteux aux côtés de Xavier, dans le Midi, quand il traficotait dans la neige avec ce — comment s'appelait-il donc, ce mec qui depuis était devenu député ? — ah oui, Garnier.

Thérèse pensait aux Seychelles qui sont de très chouettes îles au large de Madagascar, dans l'océan Indien, bon pis alors là, si vous avez du pognon, vous achetez une île, vous avez personne qui vous les casse, un grand bungalow blanc avec peut-être des palmes pour vous faire du vent, agitées par de gentils nègres pas blacks-panthers pour un sou, vous avez des couchers de soleil et surtout pas la télévision.

— Vous savez, dit Thérèse presque timidement, avec l'argent, on pourrait faire bien des choses...

Simon le sait. Il connaît pas les Seychelles, mais il a déjà pensé à des trucs comme ça, avec des tableaux que peindrait Thérèse et puis après elle viendrait mettre sa tête dans le creux de son épaule, comme elle est là maintenant, et ils regarderaient la peinture en silence en buvant des punchs.

— Tu vois, dit Simon sans presque s'apercevoir qu'il la tutoie, les choses je suis d'accord, mais ce qui compte, c'est que Xavier est un nuisible...

Ils se séparent brusquement parce que Dome entre dans la salle à manger, après avoir frappé à la porte. Il a l'air tout flagada, mais sérieux quand même :

— Tu sais, Simon, il dit tout de go, je crois savoir où est Xavier...

— Pourquoi tu me le dis, demanda l'aîné des Mercourt d'un ton rogue, c'est ton patron, après tout !

— T'es peut-être le plus grand, dit Dominique d'un air de s'apitoyer, mais t'es sûrement le plus bête : d'abord avec Xavier on s'est jamais beaucoup gobés, ensuite je te signale qu'il s'est tiré en me laissant tous les pépins sur les endôsses, résultat, je me farcis un homicide pépère et enfin, vu ce que je vois de l'évolution de la situation (d'un geste moqueur, il montrait la légère trace de rouge à lèvres que Thérèse avait laissée au coin de la bouche de Simon), je préfère que ce soit toi qui vives riche et heureux plutôt que cette crapule de Xavier.

Chez les Mercourt — et ça venait du daron, horrible pion brutal et sans pitié — on n'avait jamais cultivé, comme une plante rare, l'affection fraternelle. Dire qu'au raisonnement de Dome ne se mêlait pas la possibilité de diriger seul la boîte, ça serait s'avancer dans les sables sans raquettes.

— Enfin bon, dit Simon, raconte ta chansonnette.

— La grand-mère Leval, dit simplement Dome en lorgnant du côté de la porte où Queue-Dchoual venait d'apparaître (à tort, elle subodorait la partouse), je vois que là...

— Bon Dieu, mais c'est bien sûr, s'exclama Simon en frappant son poing contre sa paume ouverte, ce qui est un bizarre tic entre nous, mais oui, il était le chouchou de cette vieille sorcière !

— T'énerve pas, dit Dome, on va attendre dix heures que Sacha vienne superviser le ménage du « Fleuve impassible ». Il y a de fortes chances que Xavier essaie de le contacter pour me parler...

— Ouaille ? s'enquit Simon en repiquant au cognac, et ça s'écrit « why » ?

— Parce que quand il s'est tiré hier soir, il a dû l'avoir vachement mauvaise de ne pas trouver Thérèse et qu'il compte sûrement remettre la main dessus et qu'il n'a que le cabaret comme point de chute possible...

— T'en as salement dans la tête, conclut Simon avec admiration.

*

Chris-le-Bourgeois, eu égard à son peu de participation aux événements de la soirée, s'était vu attriquer le premier tour de garde devant le cabaret, de huit plombes à midi. Il s'était garé devant la façade éteinte du « Fleuve impassible », avait mis consciencieusement une piécette d'un franc dans le parcmètre déglingué et il attendait.

De temps en temps, une 404 break à antenne passait, silencieuse, les occupants mataient vers l'entrée de la boîte, à chaque fois, Chris plongeait sous son tableau de bord. Mauvais papier ! Depuis la fusillade de la rue Albert Paraz, les cognes étaient sacrément dans le coup et draguaient à plein les frères Mercourt.

Dix heures et quart : le brouillard se levait un peu mais Chris était toujours obligé de faire marcher les essuie-glaces de temps en temps, d'essuyer la buée à l'intérieur. Un grand mec à l'allure déhanchée arriva devant la porte, un pépin sous le bras, et pénétra à l'intérieur. Il correspondait en rien aux signalements qu'avait le Bourgeois de Xavier et Dome Mercourt, mais le driveur jugea bon de se propulser jusqu'à un rade proche pour téléphoner aux bigues chieffes qui logeaient à l'Hôtel de Bordeaux, standing oblige.

— Ça doit être qu'un employé, dit-il à Richard mal réveillé, mais l'employé de confiance ; il avait les clés.

Richard qui s'y connaissait en boîtes et en confiance (jamais il n'aurait confié sa clé à un loufiat), apprécia le duce et commença de s'habiller. Probable que le mec en avait pour un moment à balancer sa sciure. Il fit néanmoins réveiller par la réception Zé et Moulou-le-Boîteux (blaze provisoire) qui dormaient dans la même piaule.

— Ça va peut-être remuer, dit-il comme une confidence à ses associés venus prendre le caoua dans sa chambre, il faut y aller...

*

— Oui, Monsieur Xavier, disait Sacha la tante au bigophone, c'est moi. D'ailleurs, Monsieur Dominique vient de téléphoner, il demande que vous rappeliez au n° suivant...

— ...

— Chez une amie à lui, a-t-il précisé. Il aurait du nouveau. D'où m'appelez-vous ?

Xavier Mercourt raccrocha sec. Sacha n'était qu'à moitié déçu, il pouvait pas en espérer plus. À ces maudits frangins de se démerder après tout... Il avait fait la commission, il en avait même plutôt quine de leurs grossières manières, na.

Sacha n'en savait pas plus, il n'écoutait jamais la radio, ou alors France-Culture, il ne lisait pas les journaux, sauf *Arcadie*. Sacha ne s'intéressait qu'à son trouffignon et à ceux qui s'y intéressaient. Et peut-être aussi au pourcentage que lui avait promis le député Garnier...

Trois silhouettes se profilèrent dans l'entrée alors qu'il commençait à rincer les verres de la veille.

— C'est fermé, avertit-il gentiment, on n'ouvre que le soir...

Sacha, âme sensible, n'apprécia pas de se voir coller, sous le nez, un canon de M. P. 40, en guise de réponse.

XI

Toto revenait en compagnie de Joseph. J'étais remonté dans la piaule aux peaux de lapins, vu que toute la matinée allaient défiler les craspects avec leur marchandise de la nuit, petite chourave, légers « emprunts », clodos qui commencent à se désoler de l'infecte manie qu'ont maintenant les marchands de vin de coller du plastique autour du 10°, ce qui élimine les consignes.

— Ohlala, disait Toto, moi les Yougos, ils me flanquent les jetons...

Il avait bien changé depuis que je l'avais vu pour la dernière fois. Je savais qu'il avait eu une histoire branquignole avec les flics et des truands[1], qu'il était parti en balade pour voir la mer et le soleil et qu'il était pas allé plus loin que Lyon, revenant se blottir près de la mère Leval.

1. Voir *Les Panadeux*, Carré Noir, n° 518.

Il partit quand même, dûment chapitré par la vieille. J'avais donné carte blanche quant au fric, pourvu que j'aie les fafiots rapidement, je n'étais pas gêné.

Puis j'étais allé téléphoner au « Fleuve impassible » et Sacha m'avait transmis le message de Dome, me demandant de le rappeler.

— Ben voilà, Xavier, dit Toto de retour une heure après, ils demandent deux millions anciens...

Il se grattait la tronche, tout malheureux. C'est vrai que ces gus exagéraient, mais je ne pouvais pas me permettre d'hésiter. Je lui donnai une bonne bourrade.

— Ça marche, voilà un jeu de photos, porte-leur tout de suite. Ils t'ont dit combien il leur fallait de temps ?

— Trois jours, mais... euh... il y a autre chose. Ils veulent la moitié de la somme immédiatement.

Je l'avais sec, ils se croyaient tout permis ces métèques. Je donnai quand même mon assentiment et sortis des liasses de la sacoche sous le regard émerveillé de Toto, oh ben dis donc, ça en fait un tas de sous, t'es vachement riche, Xavier, peut-être tu pourrais m'en donner un peu, justement j'ai vu un bel appareil photo dans une vitrine, il me manque que vingt mille pour l'acheter.

— Eh, classe, Toto, d'accord, tu les auras tes vingt mille...

Il empocha le million avec désinvolture. Je pris le fusil à canon scié sous les peaux de lapinos et lui mis sous le nez, d'un air menaçant :

— N'essaie pas de m'argougner, Toto, sinon je pourrais fort bien faire sauter ta grosse caboche.

Il éclate en sanglots, ça lui coule sur les croûtes, il s'essuie avec son mouchoir espagnol, ça morve, c'est bien sale tout ça, Monsieur.

— Je suis pas malhonnête, il geint.

Et je le crois...

*

Les deux couples s'étaient installés autour d'un solide petit déjeuner préparé par Queue-Dchoual. Dehors, le brouillard avait l'air de vouloir se lever.

— Il va falloir que je me débarrasse de l'Austin, dit Dome, elle doit être signalée et c'est pas la peine qu'on la retrouve dans le coin.

— T'as raison, approuva Simon, dis donc il rappelle pas souvent le beau Xavier...

— Il veut pas bouger sûrement. Je vais bigophoner à Sacha pour savoir ce qu'il en est, dit Dome en se levant de table.

Claudine Queue-Dchoual était passablement éberluée de tout ce micmac, on l'avait vaguement mise au courant sans lui parler des deux cents briques, of course, elle limitait ça à une embrouillée vendetta entre trois frères, c'était suffisant pour sa tête à elle.

— C'est curieux, dit Dome, ça répond pas au « Fleuve impassible », pourtant Sacha y reste jusqu'à midi en général.

— Nom de nom ! s'exclama Simon, tu vois pas que les Indiens à Zé y soient...

Ils y étaient et Sacha n'y était plus.

Moulou s'essuya les doigts à une tenture. C'en était un entêté cette espèce de tantouze, pour un peu, il se serait mis en colère Moulou le Gitan, pourtant on sait que dans ce genre d'entreprise, ce qui compte, c'est le self-control, autrement on porte des coups inopérants, on se tache, la victime se bute, elle gueule et bon c'est pas du boulot.

— On le laisse dans la baignoire ? demanda-t-il à Richard qui regardait ailleurs.

Sacha dans sa baignoire avait pas l'air malin avec sa langue violette et crispée qui dépassait d'un vilain rictus labial, avec le peu de dents qui lui restaient, plantés dedans. Son gilet écossais était tout boursouflé par la flotte, laquelle était souillée par du vomi et d'autres choses encore moins ragoûtantes.

— C'est marrant comme les gens sont cons, apprécia le rabouin, cette histoire en somme, ça le regardait pas, pourquoi il a fallu plus d'une demi-heure pour qu'il y vienne ?

— Insondables ils sont, philosopha Richard, si je te racontais qu'en 44, quand je me suis engagé dans les Fifis, il a fallu qu'on arrache cinq yeux dans une même famille avant que le père consente à reconnaître que le Maréchal était un sale enculé...

— Bon, dit Zé qui, lui, avait oublié d'être résistant, ce dont d'ailleurs Richard ne lui tenait nul grief, c'est pas tout ça, on a juste un numéro de téléphone, il faudrait peut-être voir à voir à quoi ça correspond comme adresse.

— C'est pas difficile, expliqua Richard, tu téléphone à la Poste, tu dis que t'es flic, tout le monde est tellement lèche-bottes avec eux qu'on va te refiler aussi sec et au garde-à-vous toutes les coordonnées.

— C'est bien la preuve, dit Zé, de l'incroyable pagaille qui règne dans les Services publics.

Il en parlait à son aise, cézigue, c'était même grâce à la pagaille en question qu'ils avaient pu argougner aussi facilement quatre cents millions aux Pététés de Nantes.

— C'est une étudiante, dit Richard en raccrochant, trouve-moi un plan, Moulou, qu'on localise l'endroit.

À ce moment, le téléphone sonna, les faisant sursauter.

— Réponds surtout pas, Zé, conseilla Richard en voyant son acolyte qui s'apprêtait à quitter la chambre pour se rendre dans le bureau, c'est sûrement le minot, autant le laisser mariner.

La sonnerie retentit longuement dans toute la boîte de nuit silencieuse. Moulou dégotta un plan de la ville et Richard se plongea dedans.

— C'est en banlieue, dit-il, enfin, ça a l'air isolé par-derrière, on peut le surprendre facile.

— Tu crois qu'il sait où est Simon ? demanda Zé.

— C'est en tout cas la seule piste qu'on possède. Ça me paraît embrouillé, j'ai pas très bien saisi ce que voulait dire le loufiat en parlant de son patron qui s'était débiné à toute allure et d'une gonzesse qui serait dans le coup.

— Peut-être celle à qui j'ai détaillé les lolos, suggéra plaisamment Moulou.

— Oui, dit Zé, je me souviens qu'Enrico-la-Limace m'avait tubé avant de se faire plomber, que c'était une femme qui lui avait indiqué la planque de Simon.

— Qu'est-ce que je fais du loufiat, répéta Moulou qui s'inquiétait toujours de ses victimes en professionnel sérieux qu'il était, je le laisse dans la baignoire ?

— À moins que tu veuilles l'emmener, rigola Richard, je vois pas d'autre solution : avec le rodéo de cette nuit, de toute façon les flics d'ici doivent commencer à se poser des questions.

Ils sortirent, laissant la porte ouverte, et rejoignirent la Mercedes où Chris-le-Bourgeois attendait paisiblement en se curant les ongles.

Un qui allait drôlement souffrir, c'était le Député Garnier. Son Sacha chaleureux ! L'eau se vidait doucement, Sacha prenait de plus en plus les nuances de son beau gilet écossais, du vert, du bleu et du violet, la langue mutine d'autrefois ressemblait à une limace blette.

*

— Il ne répond toujours pas, disait Dome blême, pourvu qu'il ne lui soit pas arrivé d'ennuis.

Simon se tapait complètement du barman, d'ailleurs, il n'avait d'yeux que pour Thérèse qui avait revêtu un pantalon à patte d'èfe et un pull à col roulé. Il se disait que maintenant, ça y était, qu'il l'avait son « petit bonheur », que ça pouvait être du solide, que tiens un bout de soleil se faufilait entre les derniers cocons de brouillard. Simon oubliait presque la trahison de son frère, celui-ci se rappela pourtant à lui par l'intermédiaire du bigue de Queue-Dchoual.

— C'est pour toi, Dome, dit Queue-Dchoual.

— Allô ? dit Dome et comme écrivent des auteurs peu scrupuleux à qui tout un chacun devrait tirer la langue pour leur apprendre à tirer à la ligne.

— J'ai vu que tu étais en difficulté, petit. C'est la cavale ?

— Oui, fit Dome avec un soupir, tu peux te vanter de m'avoir collé dans un joli pétrin. Tu es où ?

Simon avait pris l'écouteur. D'ordinaire de nature calme, quoique — on l'a vu — impulsive, il écumait presque, ah il se fendait pas la pipe ; le nuisible frérot, il aurait voulu l'avoir là, en face de lui, ses deux flingues en pogne, il aurait vidé son barillet et son chargeur, il te lui en aurait collé à l'infâme du .38 spécial et du 9 mm dans le buffet.

Je n'avais pas tellement l'intention de me mouiller. Certes, dans la mistouille qui était la mienne, un compagnon n'aurait pas été le malvenu, mais je connaissais trop les hommes pour m'y fier ; je me doutais bien que si Zé et Richard tombaient sur le paletot de Dominique, ils n'auraient aucun mal à lui faire cracher la retraite du fugitif.

*

— J'ai entendu, reprit Xavier, sans répondre à la question de son frangin, que tu avais envoyé notre ami Ange-le-Bègue en voyage. Félicitations et remerciements...

— Ton autre ami, le petit gitan brun, a également des ennuis, dit Dome, du côté du pied, je crois.

— Encore bravo, dit Xavier qui voyait avec satisfaction le rang des vengeurs s'éclaircir bienheureusement. Et des nouvelles de Thérèse, tu en as ?

— Non, pas plus que de Simon. Et toi ?

— Oui, mentit avec effronterie Xavier, il est sur le point de se carapater à l'étranger, il nous fera signe plus tard...

À ce moment, la mère Leval se mit à engueuler Toto, tout prêt de Xavier. Lequel s'empressa de parler très fort dans le combiné, mais trop tard, Dome avait entendu et fort bien reconnu (des voix criardes comme celle-là, il n'y en avait pas des bottes) sa vieille mémé sagouine. Xavier raccrocha sur de bonnes paroles et s'empressa d'engueuler la mère Leval qui s'en tamponna allègrement le coquillard : en pleins préparatifs de sa petite fête, elle avait autre chose à faire que de s'occuper de son fondu de petit-fils.

— C'est bien ce que je pensais, dit Dome à Simon, il est à Orléans.

— Oké, marmonna Simon avec des lueurs de crime dans les yeux, alors on y va. Moitié du ganot pour toi si on le récupère et départ ensemble pour l'étranger...

— Il faut emmener la petite, dit Dome en montrant Claudine Queue-Dchoual, si les Indiens ont fait parler Sacha, on peut pas se permettre de la laisser derrière nous, ça serait la condamner à mort.

— Vous êtes tous complètement nazebroques, s'exclama la petite, j'ai autre chose à faire, mes cours, mon action politique...

— Ça va, la coupa Simon en s'enfouraillant d'un air résolu, tu nous cours avec ta politique, tu t'habilles et tu viens.

Claudine se souvint avec à-propos que Simon avait la mentalité expéditive, que quand il faisait du stop, il concevait ça qu'avec une grenade sous les roues des véhicules, et elle fila dans la chambre pour nouer sa queue et se vêtir convenablement.

— On va prendre la 2-chouaux de la petite, dit Simon, toi tu conduiras la tienne de voiture dans un autre coin, c'est plus sûr.

Ainsi fut fait. Simon, Thérèse et Claudine s'entassèrent dans la Citroën, suivant à quarante mètres la petite Austin vert olive de Dome. Tellement absorbés à pas le perdre dans la circulation, qu'ils repérèrent pas la grosse Mercedes qui leur collait au train.

Ils abandonnèrent la Mini le long du canal transformé en autoroute, Dome grimpa dans la 2-chouaux. Les deux hommes étaient pas partis sans biscuit : Simon avec son Smith & Wesson et son Beretta, Dome avec le P. 38.

Derrière, jubilants, les quatre arcans étaient pas moins outillés, bien au contraire ; dans le coffre, ça allait du très relativement modeste 7,65 Unic au M. P. 40 de Zé, en passant par une sensationnelle innovation de l'armurerie moderne : un Gyrojet, modèle C. de Mark II pour les ceux qui aiment les précisions, un machin révolutionnaire fabriqué par M. B. Associates et qui tirait des pelots de 12 mm, de véritables petites roquettes autopropulsées par une charge de carburant solide[1].

Les Orléanais, ébahis il y a quelques années par les Panadeux de sinistre mémoire, n'avaient pas encore, de loin, tout vu...

*

Et justement : le commissariat d'Orléans appelait Carteret qui arrivait de faire un somme et voyait plus du tout comment empoigner la bête Mercourt.

1. Fabriqué par Associatey de San Remon (Californie). Fonctionne même sous l'eau : (voir l'excellent ouvrage de L. Sérandou paru chez Balland : *Les armes de poing modernes*)

— Ici inspecteur Hennique, dit une voix jeune à l'oreille du lardu encore dans les vapes, je vous signale que nous venons de retrouver la voiture de Xavier Mercourt que vous aviez signalée.

— Bon Dieu, s'exclama Carteret tout à fait réveillé et qui n'ajouta pas : *« mais c'est bien sûr »* car il détestait les feuilletons débiles, les Mercourt ont leur grand-mère dans votre fief ?

— M'en parlez pas, soupira Hennique, la mère Leval, la dernière fois qu'on l'a arrêtée pour recel, elle est restée au Commissariat cinq jours à faire dans sa culotte, si bien qu'on l'a relâchée. Il vaut mieux une vieille arsouilleuse en liberté qu'un mitard perpétuellement pollué.

— J'ai trois mandats pour les trois frères Mercourt, dit Carteret, je vous les envoie ?

— Vous n'avez qu'à les apporter, dit Hennique en rigolant, plus on est de fous...

XII

La fête avait pas tout à fait commencé, alors bon, on retourne dans la 2-Chouaux qui roule sur la route d'Orléans et c'est une route tout à fait distrayante parce qu'il y a beaucoup d'accidents tout le long et puis des platanes et même ça a une relation de cause à effet, les voitures ça être des petites bêtes affectueuses qui aiment bien faire leurs besoins le long des platanes mais enfin bref, mis à part l'amusement, il y a des choses à réfléchir ensemble, surtout quand on va tuer son frère chez sa grand-mère, c'est pas bien moral tout ça !

— Comment tu vois les choses ? demanda Dome qui avait moins que Simon l'habitude d'occire les personnes.

— Xavier est sûrement planqué dans les combles, dit Simon, et sur ses gardes. Il faudrait pouvoir contacter discrètement Toto pour savoir exactement.

À l'arrière, les deux femmes mouftaient pas. Il semblait que Thérèse avait épuisé son sac de vacheries, qu'elle se soumettait à l'instant et qu'elle n'avait plus l'intention de trahir tout le monde. La petite séance avec Moulou avait dû parfaitement la convaincre de rester désormais peinarde. Claudine, voyant la tournure que prenaient les événements, s'était contentée d'emporter avec elle sa trousse de première urgence, ce qui était loin d'être superflu.

Ils s'arrêtèrent à un restaurant de routiers pour déjeuner, la Mercedes resta planquée dans une rue adjacente, les quatre malfrats impatients bougèrent pas d'une semelle.

— Pourquoi on les alpague pas tout de suite ? s'inquiétait Moulou qui tenait pas à ce que les deux rigolos s'échappent : d'une, le petit qui lui avait arrangé les orteils, de deux, le fumelard aux deux cents briques.

— Parce que, expliqua doctement Richard, Zé et moi en sommes arrivés à la conclusion que c'est plus Simon qui a l'oseille. C'est ce qu'il a dit hier au téléphone et le micmac s'explique pas autrement : l'autre, Xavier, a dû la lui chouraver et ils le cherchent, ils ont même l'air de l'avoir retrouvé pour se barrer comme ça. Alors, on les suit, on les laisse se débrouiller en famille et on intervient au dernier moment pour empocher le butin.

— Il en a dans la tête, apprécia Zé, il pense vraiment à tout...

— Vous me laisserez quand même ce fumier qui m'a flanqué une bastos dans le pied, hein ? supplia Moulou avec gourmandise.

— Mais oui, le rassura Zé, t'inquiète pas, aux petits oignons...

— Gaffe, avertit Richard, ils sortent, continue à suivre, Chris, et les lâche pas.

Conseil inutile, le Bourgeois ne s'était jamais fait semer par personne, tout simplement parce que ses parents, quand il était moujinque, le traitaient sans arrêt de mauvaise graine. Sur ce bon mot, il embraya derrière la 2-Chouaux, l'œil vif et la conduite confortable.

*

Deux heures et demie de l'après-midi, la grande cour de la mère Leval où Joseph le clodo et papa Leval, surexcités par la perspective de se saouler à l'œil et à domicile, avaient dressé des tréteaux recouverts de planches. Ça débordait de victuailles, de pains ronds, de boutanches de rouquin et même — oh merveille ! — deux litres de Ricard offerts par un antiquaire généreux. Le portail était encore fermé, mais à une sourde rumeur qui venait de la rue, on devinait que ça se pressait dehors.

La vieille était pas descendue, dans ses appartements elle devait se fringuer miragineux, on avait vu Toto arriver un quart d'heure avant avec un tas de paquets de fringues et une immense boîte à gâteau. Allongé sur ses peaux de lapins, Xavier se désintéressait complètement de ce qui se passait dans la cour, il rêvait vaguement à la suite de sa cavale, quand il serait entré en possession des faux fafs, qu'il prendrait l'avion ou le bateau pour quitter ce sale pays de sales cons et aller dans des contrées où et sa personne, et son oseille, et sa poésie seraient appréciées.

« Pyromane du plaisir... »

Eh, caves !

*

Il se passait aussi ailleurs quelque chose de drôlement intéressant et qu'on n'a pu reconstituer qu'après de longues recherches, et dont plus tard les poulets, pourtant nés malins, ne purent démêler l'exact pourri écheveau.

Ça se passait en deux endroits, le premier événement, dans la ville dont il a été question et où se trouve « Le Fleuve impassible », le second, à Orléans même.

Et ça va paraître incroyable, parce que tous les gens de bonne foi jugent proprement impossible qu'un député, même homosexuel, puisse être malhonnête, surtout s'il appartient à la majorité. On les comprend mais ce député-là qui s'appelle Garnier n'était pas — ah non alors ! — un élu du peuple comme les autres, enfin on l'espère et puis bon après tout, malgré les apparences, un député c'est un homme comme les autres, fait de chair et de sang.

Assis dans son salon tendu de toile de Jouy et décoré d'estampes légères et de miniatures, Garnier jubilait et faisait partager sa jubilation à sa femme, Gisèle, une superbe rousse qui n'était pas loin d'être une vraie morue et d'ailleurs elle l'avait été, dans le temps, au Petit Chicago de Toulon.

Sur une table de style pompéien au moins signée Weisweiler, il y avait d'entassé des piles de billets de dix mille, pour facile deux cents briques, vous m'avez saisi. Des biffetons usagés, tels qu'ils étaient sortis des sacs postaux de Nantes. Si Xavier avait été plus attentif en remettant ses liasses à Toto, il aurait constaté que, par un étrange rajeunissement, les siens étaient craquants neufs et même pas tout à fait secs. Et s'il avait poussé l'examen plus loin, il se serait rendu compte que ses billets portaient absolument tous le même numéro de série.

Ah ben !

Entendons-nous bien : personne ne prétend

que ce député avait dans sa cave une fabrique de faux biffetons, ni que lui-même et sa femme passaient leurs veillées d'hiver à tirer des Corneille sur une Gestetner. Seulement, il avait en sa possession pour près d'un milliard ancien et tout beau à écouler. Voilà.

— Ce pauvre Mercourt n'y a vu que du feu, expliquait-il avec complaisance à Gisèle, quand Sacha m'a informé que Xavier avait mis une sacoche dans son coffre et qu'il la couvait des yeux comme si c'était son âme sous poumon d'acier, je me suis dit qu'il y avait sans doute là pour moi l'occasion de refiler sans risque un bon tas de la marchandise. Et remarque qu'à ce moment-là, je ne savais pas qu'il s'agissait d'argent volé.

— En somme, mon biquet, apprécia Gisèle dans un bâillement voluptueux, c'est très moral ce que tu as fait...

— Exactement, dit Garnier en se demandant si sa femme se foutait pas de sa gueule, alors un moment, je suis monté avec Sacha dans le bureau, tout le monde a cru qu'on allait se faire une gâterie rapide aux gogues...

— Moi j'occupais le jeune Mercourt, le coupa sa femme, mais je vois pas pourquoi tu me racontes ça, je suis au courant...

— Mais pas les lecteurs, eh pomme ! s'énerva Garnier qui reprit : Sacha connaissait la combinaison du coffre puisqu'il y déposait souvent la recette, il avait caché derrière son bar les faux billets que je lui avais donnés quand j'étais passé dans l'après-midi, on a fait l'échange et voilà tout.

— T'es un grand minet, s'extasia la somptueuse rousse, mais t'es quand même un beau salaud d'avoir fait ça à Xavier avec qui t'avais commencé dans le Midi, avant que tu fasses de la politique...

Garnier releva pas l'outrage, il y avait trop longtemps qu'il avait la conscience élastique et il pensait plutôt à ce qu'il allait pouvoir faire pour écouler le reste de ses faux biffetons : en donner comme subvention au S.A.C. ? Non, trop dangereux...

Et d'ailleurs, qu'il se débrouille comme il veut, ça ne nous regarde pas, un élu du peuple ça doit savoir ce qu'il fait.

*

L'autre chose qui se passait à Orléans, ça découlait directement de ce que nous venons d'apprendre : dans un rade miteux du faubourg Bannier, un nommé Cracovik avait aussi des liasses devant lui, moins, mais ça se montait à une brique quand même, et si Garnier était heureux, le Yougoslave lui, était dans une belle rogne. Dans un français très correct, bien que teinté d'un léger accent, il écumait pour une demi-douzaine de gentlemen basanés réunis autour de lui dans ce tapis dont tous les rideaux étaient baissés et le bec-de-canne de la porte enlevé.

— Saperlipopette, tonnait-il (il lisait couramment Gyp dans le texte), c'est bien la première fois qu'on se moque ainsi de Crakovik ! Qu'on lui joue pareil tour ! Quand je pense que nous avons mauvaise réputation dans le milieu français ! Eh bien elle est propre leur mentalité à eux ! Me refiler de la fausse monnaie à moi !

— De la fausse monnaie pour des faux papiers, ricana un escogriffe balafré, c'est marrant.

D'une splendide mornifle, Cracovik lui fit comprendre que ça n'était pas marrant du tout, qu'on ne faisait pas des choses comme ça entre voyous, qu'il allait retrouver le zigue petit plaisantin et lui faire passer le goût des gags affreux.

— Même pas du bon travail, lâcha-t-il méprisant en examinant un billet par transparence, on aura du mal à les fourguer, mais de toute façon, si le type veut ses papiers, il faut qu'il me refile autre chose que des imitations.

Tout le monde approuva. Cracovik fit disparaître les liasses dans la caisse, ouvrit le réfrigérateur et commença d'en sortir des armes qu'il distribua à la ronde.

— C'est la mère Leval qui nous a branchés sur ce faux jeton, il est sûrement planqué chez elle et en tout cas, elle doit savoir où il est.

Il ajouta quelque chose en yougoslave et nous ne pourrons jamais savoir s'il le parlait aussi correctement que le français. Les sept hommes sortirent et s'entassèrent dans un long break Volvo, la mine farouche au-dessus de leurs cravates blanches ou roses sur leur chemises noires.

Eh bien, mais voilà une petite fête d'anniversaire qui ne va pas manquer d'agitation ! Même si tous ces gens n'avaient pas été invités et qu'ils arrivent les mains vides et les poches pleines, on ne peut pas dire que pour la mère Leval, soixante-douze ans, ça soit la fin de sa vie active...

*

Le portail s'ouvre en grinçant, il doit être dans les trois heures, il y a un soleil dans les nuances futiles. Toto ouvre, il se met les bras en croix pour endiguer le flot guenilleux qui se presse dans la rue. À plus de cent qu'ils sont venus les misérables, tous avec quelque chose dans les mains, ça va du paquet de petits Lu au ruban de velours rose en passant par une portée de chatons et un fer à repasser transformé en pot de fleurs, tous les loquedus de la ville sont là, eux qui connaissent la vieille depuis des années, qui craignent ses coups de gueule mais qui l'aiment bien, qui savent qu'elle a toujours dépanné les plus malchanceux et que, si elle a volé beaucoup de monde, l'a jamais fait sans délicatesse.

— Attendez, j'vous dis, piaille Toto débordé et soutenu par Joseph, attendez ! La mère est pas encore là.

Sur la charrette à plateau, l'immense gâteau d'anniversaire est là, comme il y avait pas assez de place dessus pour coller les soixante-douze bougies, on en a mis sur la planche, toutes allumées que c'est déjà une fête pour les yeux.

La Gouttière avec son dos cassé et ses sourcils qui tombent sur ses paupières, il en avait pas dormi de la nuit, dans son carton sous le Pont Royal, Brico lorgne vers le pastaga, les femmes, horribles goulues flétries qui ont revêtu leurs plus belles hardes, minaudent entre elles comme des Duchesses, l'espace d'un éclair, on voit même Luj Inferman' traverser la cour pavée, poursuivi par la Cloduque.

Et puis un « ho » admiratif monte du groupe qui se presse, un frisson émerveillé parcourt les rangs des loqueteaux : la mère Leval vient d'apparaître au haut de l'escalier. Elle a revêtu une sorte de dolman rouge de hussard, une robe longue avec une traîne vert pistache, un splendide bada avec une aigrette déplumée et facile deux kilos de cerises postiches. Elle a gardé ses bottines blanches 1920 qui lui servent de coffre-fort, derrière elle, son vieux à peu près à jeun, soutient la traîne, coiffé d'une casquette de marinier mitée, une couronne mortuaire qui veut passer pour du laurier autour du cou. Spectacle rare, tous applaudissent et poussent des vivats...

Attiré par le bruit, Xavier quitte sa couche de peaux de lapins et va gratter la crasse qui recouvre la vitre pour voir la cour.

— Mes amis, braille la mère Leval en tapant dans ses petites mains grassouillettes pour obtenir le silence, mes amis, un peu de discipline... Ali, ôte ta main de ta braguette, salopard !

— Souffle le gâteau ! Souffle le gâteau, hurlent les misérables en chœur, fais voir si tu souffles aussi bien que tu pètes !

Toto s'approche, majestueux, sur un signe de sa mère, porteur d'un énorme soufflet, pas tout à fait de forge mais presque. La vieille argougneuse s'en empare et éteint toutes les bougies d'un seul coup. L'enthousiasme est à son comble. Malgré son dos cassé et sa nuit blanche, la Gouttière trépigne en louchant affreusement pendant que Brico lui fait les poches, les clochardes retroussent jusqu'au nombril leurs robes d'apparat. C'est du délire. Bourbon-Tatin, roi de Nanterre et autres lieux, en villégiature dans le coin avec sa gravosse la Normance, en oublie sa dignité coutumière et écrase un pleur sucré.

— Et maintenant, tous à la bouffe, gueule la mère Leval, déposez avant vos cadeaux sur le palier !

C'est la ruée, par le peu que j'ai pu nettoyer du carreau, je regarde amusé cette horde de faméliques soiffards prendre d'assaut les tréteaux, s'emparer des betteraves et les tututer à même le goulot, plonger ses doigts dans le calendos, avaler des bouchées de saucisson avec la cellophane. Personne aurait l'idée saugrenue de foutre de la flotte avec le Ricard et les deux bouteilles passent de main en main et de gosier blindé en estomac plombé. Jamais une fête comme ça s'est vue, jamais on n'en reverra, ça tourne même à l'orgie, debout dans un coin de la cour, mâchant nonchalamment de grosses bouchées de pain de campagne, Ali se fait pomper par une décharnée extatique, près du portail, deux Maliens se ramponnent la gueule pour une part du gigantesque gâteau que chacun a déchiré avec les mains.

Soudain, je sursaute, la vraie panique : à la

porte, viennent d'apparaître Simon et Dome, inattendus parmi toute cette mistouille, les mains dans les poches de leurs pardessus, le visage rude et fermé.

*

— Qu'est-ce que c'est que ce boxon ? grogna Simon en retenant mal une nausée devant la parcif de gâteau qui venait de choir à terre dans la boue et qu'un des nègres ramassait promptement avant de l'avaler tout rond (pour Simon, la pâtisserie évoquait toujours les femmes...).

— Ça m'a l'air d'une petite réjouissance familiale, sourit Dome en avançant vers le centre de la cour, écartant de l'épaule le trèpe incroyable qui se bousculait avec des mines réjouies et des rots sonores.

— Ah, gloussa la mère Leval quand elle les aperçut, comme c'est gentil, mes petits, de venir à mon anniversaire !

Simon et Dome écarquillaient des yeux effarés, évitèrent en un rapide mouvement tournant que la mère Leval les embrasse de son museau barbouillé de chocolat. Ils alpaguèrent Toto qui, bonnasse ours cradingue, mitraillait d'un vieux Polaroid la foule agglutinée. Il voulut également leur sauter au cou mais Simon le repoussa d'une main sèche.

— Xavier est où ? demanda-t-il pas aimablement.

Toto retira de sa bouche un croissant qu'il avait mis à fondre et désigna de son pouce les combles, au deuxième étage.

À ce moment-là, tout alla très vite, on ne comprit d'abord pas très bien, mais chronologiquement, ça donnait à peu près ceci :

Les Yougoslaves, Cracovik en tête, firent irruption dans la mêlée en poussant des cris de Sioux privés de Custer.

Sur leurs talons ou presque, Zé, Richard, Moulou et Chris-le-Bourgeois s'avancèrent, parfaitement abasourdis par cette cour des miracles en liesse.

Ali, enfin épongé par l'extatique décharnée et qui, plein de tact, était allé gerber dans la rue, poussa un cri affolé :

— Li flics ! Li flics qui sont là !

La mère Leval, un peu étonnée par tous ces gars bien habillés qui venaient se joindre aux loquedus, eut le réflexe prompt en entendant la gueulante d'Ali :

— Fermez le portail !

Elle pigeait pas tout, elle pensait simplement que, par vice, les poulets venaient troubler sa petite fête et elle réagit en ce sens en faisant clore la solide porte de bois, histoire d'emmerder ces messieurs qu'elle n'avait aucunement invités.

Ali, aidé de Brico qui en profita pour lui faire les poches, tira les deux lourds battants et accrocha le madrier qui les maintenait.

Tout le monde était dans la nasse, dehors Hennique et Carteret tambourinaient en hurlant comme des ânes des « au-nom-de-la-loi » furieux. C'est le moment que je choisis pour tirer mon premier coup de feu en direction de mes deux frangins qui allaient atteindre le palier encombré des cadeaux et s'engouffrer dans l'escalier.

La panique : les chevrotines fracassèrent deux dizaines d'os divers et trois yeux de deux clodos. Dome et Simon qui avaient entendu le carreau du second étage se briser sous l'action défonçatrice du canon du fusil avaient plongé à l'abri derrière des sacs de chiffons mouillés qui se trouvaient à proximité. Tout le monde hurlait, des types gisaient par terre, sanglants, instantanément, au premier coup de feu, sans très bien chercher à comprendre si c'était après eux qu'on en avait, les sept Yougoslaves et les quatre truands parisiens s'étaient planqués, qui derrière des tas de ferraille, qui derrière des ballots de papier, en bons professionnels qu'ils étaient, l'œil aux aguets et la main chargée de métal prêt à cracher.

Moulou distingua le visage de Xave au second et le reconnut parfaitement. Il hurla en direction de Richard qui était à plat ventre à trois mètres de lui, son beau costume tout souillé par la merde incroyable qui semblait le fondement même de cette bizarre propriété envahie par des monstres crasseux et des harpies aux cris stridents :

— Richard, au second, troisième fenêtre, l'enfoiré de Mercourt !

Richard régla le guidon de son Gyrojet. Cette arme n'était pas d'une précision rare, malgré le mouvement giratoire qui assurait une certaine stabilité à la course de la fusée, il fallait donc éclater presque tout le chargeur pour être sûr d'aligner quelqu'un à cette distance.

— Mais qu'est-ce que ça veut dire ? s'inquiéta Cracovik, qui sont tous ces gens ?

Il ajouta quelque chose en yougoslave que nous serions bien en peine de traduire, mais ses hommes le comprirent et c'est bien le principal, puisqu'ils s'égaillèrent, armes en main, ne sachant pas encore très bien sur qui tirer, mais espérant le savoir bientôt.

Il n'y avait pas assez de planques pour tout le trèpe qui était là, ça donnait lieu à de sourdes luttes entre les clodos dont la plupart s'étaient réfugiés sous le hangar, affolés et chiassards. De l'autre côté des hauts murs crêtés de culs de bouteille, Hennique s'égosillait dans un porte-voix, les deux cars de mannequins qu'il avait amenés avec lui essaimant en position de combat.

En bref, à part les trois Mercourt, personne ne comprenait rien à rien, Zé et Richard se demandaient pourquoi Xavier tirait sur ses frangins, la mère Leval, couvrant Toto de son petit corps grassouillet, voyant absolument pas pourquoi tous ces gens avaient transformé sa demeure en champ de bataille.

Richard envoya une première fusée en direction de la fenêtre. Ça péta dans le crépi du mur, trop à gauche, un tas de gravats tomba dans la cour, juste sur le crâne de Brico qui faisait les poches aux cadavres et aux blessés. Il s'écroula, assommé net.

— C'est pas possible, souffla Dome, ces Indiens ont amené un bazooka...

— Il faut essayer de rentrer, dit Simon qui sentait avec inquiétude derrière lui ses anciens complices du hold-up de Nantes. Si je me découvre de ce côté, ils m'allument...

— C'est pareil pour moi, ricana sombrement Dome, ils doivent pas me pardonner la mort de leur Bègue et Moulou doit pas me porter dans son cœur.

— Cause pas tant en cours, dit Simon en se ramassant, prêt à bondir vers l'escalier.

Un Yougoslave sortit imprudemment sa tête

de derrière une brouette déglinguée. Xavier qui ne cherchait pas à savoir qui était qui, lui fit éclater le crâne d'une cartouche sans pardon.

— Sur lui ! cria Cracovik découvrant enfin qui était l'ennemi.

Les six Yougoslaves déclenchèrent un feu d'enfer sur les fenêtres du second étage, forçant Xavier à se retirer.

Simon et Dome en profitèrent, d'un seul bond, ils se retrouvèrent à l'abri sur le palier où couinaient les chatons nouveau-nés. Moulou voyant dans la ligne de mire de son Luger 22 L. R. les deux frères abhorrés, appuya sur la détente trop précipitamment, n'évitant pas le coup de doigt. La balle s'enfonça dans la rampe de l'escalier, au ras du ventre de Simon, qui, furieux, se retourna et défourailla tout le barillet du Smith & Wesson en direction de la cour.

Il avait eu la main heureuse (ou malheureuse, c'est selon) : Chris-le-Bourgeois dégomma d'un .38 Special dans les parties, un Yougoslave eut l'épaule à moitié arrachée par le formidable impact et accessoirement, un chiftir, réfugié derrière un sac de papier trop mince, fut scalpé fort proprement.

— Sur eux aussi ! clama Cracovik qui se tenait plus de rage.

Obéissants, les quatre Yougos survivants se mirent à canarder le palier, empêchant Simon et Dome d'atteindre les premières marches de l'escalier où ils ne pourraient être hors de portée qu'à la quatrième marche.

Chris-le-Bourgeois était resté debout, vacillant, ses deux mains en coquille sur son sexe sanglant, beuglant sa douleur et son humiliation. La riposte des ex-riverains du Danube fut désordonnée et pas très adroite. Une des balles de la salve attrapa Chris qui ne driverait plus personne, par-derrière, juste dans la nuque, un joli coup dit « à la Béria ». Il s'effondra pour le compte, toute douleur burnique à jamais calmée.

Zé se retourna et envoya une rafale de son M. P. 40, obligeant Cracovik à baisser la tête, ce qu'il n'apprécia nullement et, pour le bien faire entendre, riposta en direction des ballots de papier où étaient planqués les trois arcans.

Bon, en définitive, tout le monde tirait sur tout le monde, les cloches se terraient, même leur crasse pouvait plus dissimuler leur terreur panique. Un nombre incroyable de douilles jonchaient les pavés glissants de la cour. Toto pleurait sous sa mère qui le mouchait en tremblant, poussant de sourds geignements incontrôlés.

Pendant ce temps-là, ils m'avaient un peu oublié, les voyous. Je connaissais bien la maison ; dans la pièce à côté, la chambre de Toto, il y avait une lucarne qui donnait sur les toits et par où je pourrais filer pour rejoindre une terrasse de la Manufacture de faïence voisine qui avait fermé ses portes il y avait quelques années.

Une autre fusée éclata soudain dans la pièce, descendant le plâtre du plafond sur les peaux de lapins. Il était temps de changer de crémerie. Je pris la sacoche entre mes dents et, en rampant, je passai dans le couloir puis dans la chambre de Toto, une minable carrée puante, décorée aux murs de photos de B. B. et de Claudia Cardinale posant à poil pour *Lui*.

Qu'est-ce que c'était donc que cette arme dingue qui faisait tant de dégâts ? Richard qui tirait, ça explosait, valait sûrement mieux, j'estimai, pas recevoir un tel projectile dans les miches. Je regardai par la fenêtre : ils étaient toujours en train de s'expliquer entre eux, les complices de Simon et ces mecs basanés surgis d'on ne sait où ni pourquoi. Il n'y avait que mes deux frangins que je ne voyais pas. Sans doute étaient-ils dans l'escalier, auquel cas il urgeait de se branquiller une belle fulgurante.

Je montai sur un escabeau et atteignis la lucarne ; elle devait jamais être ouverte, car j'eus un mal fou à la soulever, surtout encombré comme j'étais par la poignée de sacoche entre les dents, sacoche qui d'ailleurs m'empêcha de m'exclamer : « Damned ! » quand une rafale me longea les sourcils, sitôt que ma tête eut dépassé les ardoises du toit.

Ça ne pouvait pas être les artistes de la cour, ils ne pouvaient pas me voir. Arrivé à la fenêtre, je compris : les poulets avaient amené leurs cars contre le mur et toute une rangée de mannequins étaient montés dessus, juste à bonne hauteur pour m'aligner.

Je lâchai deux coups de fusil scié en même temps et en leur direction. Quatre ou cinq poulets dégringolèrent directement, comme si quelque marionnettiste dégoûté eût cisaillé leurs filins et les eût fait tomber hors du rectangle de la montre.

En somme, si je réfléchissais bien, ça allait fort mal pour moi : les frères dans l'escalier, bloqués Dieu sait pourquoi pour le moment, les zèbres en bas qui m'empêchent de me montrer à la fenêtre et les flics qui me barrent l'accès au toit.

Une autre fusée atterrit dans la piaule, sur le grabat de Toto, faisant voler la couette rouge qui le recouvrait. Heureusement d'ailleurs, parce que je morflais sévère autrement, ça avait atténué l'explosion. Je me retrouvai quand même sur mon cul, avec celui de Mlle Bardot sur les genoux.

XIII

À cause de leur situation surélevée, les poulardins avaient la méchante bonne carte dans leur jeu, la position stratégique de première bourre : de leur mur, ils contrôlaient les toits à condition de planquouzer un peu leurs caboches fâchistes et ils dominaient également la cour avec tous les zigotos dedans.

Ils le firent bien comprendre en expédiant une rafale de sommation dans la cour : chez les poulets, on sait ce que semonce veut dire, taper dans le tas d'abord, discuter après et Brico qui, à peine réveillé de sa vape, faisait les poches de Chris-le-Bourgeois, put apprécier la dialectique policière en ce domaine : une balle dans le tibia.

Les arcans, plus malins, tâchèrent de se couvrir comme ils purent contre cette nouvelle offensive. Ça devenait pratiquement impossible, chaque groupe étant pris sous au moins deux feux différents, ils pensaient qu'ils allaient finir la soirée à tourner comme des chevaux de bois autour d'un orgue de Barbarie.

Dome et Simon profitèrent de l'embellie, hors d'atteinte des salves des poulets, ils enjambèrent d'un pas de grand poucet les premières marches de l'escandrin luisant de crasse.

— Xave va essayer de se barrer par les toits, dit, tout essoufflé, Dome en arrivant au premier étage.

— Regarde par la fenêtre ce qui se passe en bas, ordonna Simon, ses deux flingues rechargés à la main, ils nous courent tous avec leur foutu rodéo...

Dome entra dans une chambre, qui était celle de Maman Leval, et se colla le nez au carreau : entre deux tournicotis prudents autour de leurs tas de ferraille, les Yougoslaves lâchaient des salves d'honneur sur Zé, Richard et Moulou qui effectuaient en même temps les mêmes cercles autour de leurs ballots de papier. Les flics, pas chauds pour la jolie médaille posthume épinglée sur le tricolore du cercueil, passaient de temps en temps la tête pour tirailler au petit bonheur dans la cour : bilan provisoire, Ali touché aux miches par une bastos égarée et qui sautillait dans son coin comme une gazelle poursuivie par un Glaoui, Bourbon-Tatin qui pour éviter une rafale sournoise avait plongé le pif dans un étron de Joseph, Luj Inferman' qui maintenant poursuivait la Cloduque...

— Bon, dit Dome, on y va ?...

Ceci dit sans trop d'enthousiasme en montrant l'escalier qui conduisait au second. Simon savait pas trop bien quoi faire : là-haut, ils seraient coincés comme Xavier et, vu la tournure que prenaient les choses, peut-être il valait mieux prendre du champ et aviser. Il se ressentait pas spécialement pour une courette sur les ardoises glissantes et sous le feu de la police qui, quoi qu'on en pense par ailleurs, manque pas de jugeote quand il s'agit d'aligner le cran de mire sur le guidon.

— Dis donc, par les fenêtres de l'autre côté, par où ça donne ?

Dome réfléchit un moment, son P. 38 à bout de bras, de plus en plus il faisait son âge, vingt berges, la panique au ventre ça aide à tout dévoiler, des plus costards prétentieux qui auraient calé depuis longtemps, pensez, une telle hécatombe, quelle misère et quel siècle de violence traversons-nous !

— Sur une courette de la Manufacture de faïence, je crois...

— Bon, dit Simon, c'est le plus simple alors, on y descend, on est à l'abri des fous d'en bas et de toute façon, si Xave veut se tirer, on se trouvera forcément sur son chemin.

— T'es le méchant stratège, approuva Dominique en ressortant de la piaule pour aller examiner la sortie.

— T'as encore des munitions ? s'enquit Simon. Moi presque plus, un chargeur du Cougar et trois balles pour le S. and W.

Dome tâta ses poches et en retira encore un chargeur plein et une dizaine de balles 9 mm en rabiot. Il en tendit la moitié à son frère :

— C'est des allemandes, mais ça devrait aller dans ton Beretta.

Ils entendirent une fusée éclater au-dessus de leurs têtes, un peu de plâtre dégringola dans le couloir, Dome ouvrit la fenêtre qui donnait sur une petite cour à l'herbe jaune et rare.

— Pas possible, dit-il, ils vont nous le péter notre frangin, avec leur arme diabolique, tu sais ce que c'est, toi ?

— Sais pas, dit Simon qui évaluait la distance qui les séparait du sol, un machin à Richard, une arme à tuyères je crois. Dis donc, ajouta-t-il, je trouve ça haut, moi !

Effectivement, les étages, dans cette construction, avaient rien de ceux des achélèmes : plus de quatre mètres jusqu'à terre, même à condition de bien se recevoir, en chaussures de ville, c'était la plante des pieds en feu à coup sûr.

— Bon, dit Dome, je m'accroche à bout de

bras à la croisée, tu descends au long et tu me réceptionnes ensuite.

Le petit frérot avait les foies, mais il en avait dans le chou, apprécia Simon.

Ça pétaradait toujours dans la cour, de l'autre côté, ça leur parvenait qu'un peu assourdi, mais ça prouvait péremptoirement que les mecs à Cracovik et les furieux à Richard remplissaient avec moult conscience leur rôle d'ennemis publics teigneux et bravaches.

Dome prit la barre de fer solidement entre ses mains, se laissa pendre à l'extérieur dans le vide. Simon rengaina ses feux, passa par-dessus lui, l'attrapa au colbac et à la ceinture, lâcha la main du col pour saisir la cheville et se laissa tomber mollement dans la courette, bientôt rejoint par Dome dont il amortit la chute en le saisissant à bras-le-corps.

Une fusée, qui avait traversé tout l'immeuble, vint frapper le mur de la faïencerie, égratignant à peine les moellons.

— On a la planque, dit Simon, pour le moment, les autres peuvent plus nous toucher, mais ensuite ?...

— Faut rentrer dans la fabrique, conseilla Dominique, de là, on pourra accéder à la terrasse et on aura une position de première.

La faïencerie, il la connaissait bien, c'était d'ailleurs Xavier qui l'y avait fait pénétrer, moujinque, quand ils allaient faire des déprédations diverses dont personne ne se souciait : cette petite usine était fermaga depuis 1954, au moment où le type qui s'en occupait, un artiste bien connu dans la région, était clams d'un mauvais mal du siècle. Depuis, on avait fourgué toutes les pièces intéressantes, celles qui avaient été décorées, ne restaient que les faïences après la deuxième cuisson, quand les couleurs n'avaient pas encore été appliquées.

Xavier avait montré à cet' époque à son tout jeune frère comment il importait de viser avec une fronde pour que les plus immenses vasques s'écroulent en mille morceaux.

— Va pour la terrasse, acquiesça Simon. Mais même si on arrive à repiquer la sacoche à Xavier, comment on fera pour se sortir de cette souricière ? T'as déjà vu le nombre de flics, ils ont sûrement demandé du renfort, alors là...

— T'inquiète pas, dit Dome sans préciser davantage, pour l'instant, à l'assaut !

*

Il faut absolument que je passe sur le toit. Les deux crétins Mercourt vont pas rester indéfiniment bloqués au rez-de-chaussée. Accroupi le nez au ras de la fenêtre, je constate que le clan à Richard et les autres (ne serait-ce point ces Yougoslaves qui devaient me faire des faux papiers, qui auraient senti le pigeon et qui essaieraient de m'avoir) se tirent à qui mieux mieux dessus, que les flics guignolesques apparaissent de temps en temps au-dessus de la crête tessonnée du mur pour ajouter encore à la confusion, si c'est possible.

Là est le salut comme si c'était écrit dessus : les laisser se démerder, tirer un coup yers les mannequins pour leur faire comprendre qu'ils auraient plus intérêt à faire du plat ventre sur leurs cars qu'à jouer aux héros et foncer en voltige par la lucarne, rejoindre la terrasse, descendre dans la faïencerie et ressortir de l'autre côté, par la rue, avant que des renforts n'arrivent.

Je fais comme indiqué ci-dessus : avec un bel ensemble, les cognes t'auront l'air d'un coureur, Richard envoie bien une fusée de son Gyrojet, mais ça fait que toucher la base du toit, trembloter un peu les ardoises, je suis déjà dessus, la sacoche à la main, ayant abandonné le fusil car je n'ai plus de cartouches.

*

— Nom de Dieu, jura vilainement Hennique en pointant le doigt sur le toit, celui-là se barre !

Carteret risqua sa tête prudemment au-dessus du mur : il distingua fort nettement le cadet des frères Mercourt en train de faire de l'équilibre sur les ardoises encore glissantes de l'incessante bruine des jours derniers. Le zigue marchait avec précaution, un pas préparant l'autre, une serviette noire à la main.

— Mais qu'est-ce que ça veut dire, gémit le jeune inspecteur Hennique (un garçon plein d'avenir) depuis la bagarre entre la bande à Louison de Bordeaux et celle de Pierrot la Mistouille[1] on n'avait jamais rien vu de pareil à Orléans !...

— C'est simple, explique Carteret, il y a là Simon Mercourt qui a fauché le ganot à Zé, ils s'expliquent, j'ai l'impression que Xavier a dû piqué ledit à son frère, ils s'expliquent, quant aux gentleman bronzés, ils doivent avoir un différent annexe, alors ils s'expliquent aussi.

Hennique voulut plus en savoir davantage. Froidement il se leva de dessus le toit du car, ajusta Xavier de son MAB, et le tira.

Le patron du « Fleuve impassible », qui avait bien du mal à conserver son équilibre sur cette patinoire d'ardoises, sentit avec une seconde de retard la balle d'Hennique qui, trop basse (à six heures et demie en l'occurrence), cassa un tas

1. Voir *Les Panadeux*.

d'ardoises sous ses pas. Il trébucha, son pied lancé dans un mouvement incontrôlé, toucha une plaque de mousse glissante, il partit dans un grand écart qui, du point de vue strictement chorégraphique, n'avait rien de gracieux. Pour rétablir son équilibre, il dut lâcher la sacoche, il l'accompagna néanmoins dans sa descente jusqu'à l'arrêt de la gouttière, là, lui se cramponna au zinc mais la sacoche dégringola en s'ouvrant dans sa chute, mollement.

Qu'on se figure quatre-vingts ou quatre-vingt-dix pégreleux qui cannent toujours après cent sous pour avoir cinq francs, pour le moment étalés à plat ventre dans la mouscaille, le nez contre des arêtes vives de métal de récupération ou contre la puanteur douceâtre du chiffon trempé ou contre des ballots de papier cerclés de fer, qu'on se les figure, minables, chienliteux, éternels ratés, voyant des billets de dix mille voleter gracieusement au-dessus de leurs trognes.

Que voulez-vous qu'ils fissent ? Eh naves, pas qu'ils mourussent, quel qu'en soit le risque sous les rafales désordonnées, mais qu'ils se levassent, qu'ils s'emparassent en sautillant des biffetons, qu'ils s'enjouassent et qu'ils missent en fouilles la manne imprévue.

— Oh non, gémit Zé en fermant les yeux, le ganot qui s'évapore !

— Eh, lança Cracovik à ses séides, du pogntozif !

Les deux groupes arcans se lancèrent dans la mêlée, tapant de la crosse, jurant contre les pauvres hères qui, ayant une sensible expérience des tabassages, continuèrent en piaillant et en se protégeant la tête des bras, à glaner les jolis talbins neufs.

Je remerciai le Ciel et les nuages et le soleil (faut pas qu'il y en ait que pour le ciel) de cette diversion. Accroché à la gouttière, je voyais bien la pagaille atroce en dessous, je remarquai aussi que les flics en profitaient pour sauter le mur et que même — horreur ! — certains d'entre eux n'hésitaient pas à mettre subrepticement des gros fafiots dans la poche de leur vareuse.

Tout au long du conduit, et à la force du poignet, j'avançai ; plus de fric, je me voyais pas aller faire un ratissage dans la cour en ces instants, en cavale imparable et sans faux fafs, tout ça à cause de cet abominable Simon de mes deux et je suis poli et de ce petit faux jeton de Dominique qui s'était allié avec lui. Au fait, pensai-je en atteignant le faîte du toit, où ils sont ces deux crapules ?

Un rétablissement et je mis pied sur la terrasse, épuisé, les nerfs flagadas. En bas, toujours le monstrueux raout après le butin de

Nantes. Les poulets débordés, un Yougoslave qui se prenait une étoile de 7,65 entre les deux yeux, Moulou qui assommait Bourbon-Tatin gonflé par les liasses, bref un bordel tel qu'aucun metteur en scène de cinoche pourrait reconstituer.

— Salut, mon p'tit Xavier, dit aimablement Simon en sortant de derrière une cheminée, sur la terrasse.

— Salut, répéta Dome en se déplanquant à sa suite, salut mon grand Xavier !

Ils avaient tous les deux des armes en main, Simon comme d'habitude avec son automatique et son revolver, Dominique avec le P. 38 qu'il avait dû faucher dans le tiroir du burlingue au « Fleuve impassible ».

Je n'avais plus rien en pognes, ni sacoche, ni fusil. Je levai les mains :

— Salut, la famille, je sarcastiquai, je vous hais !

XIV

Vers la mi-novembre comme on était à l'époque où se déroulent les faits ci-dessus et même les ci-dessous, la nuit tombe très vite, vers cinq plombes, pour peu que le ciel soit couvert, elle arrive, donc le jour part, probable qu'il en a quine des petits frissons du populo, des feuilles jaunes « qui nous montraient leur ventre d'un air avilissants », que les châtaignes le laissent froid, ce con de jour humide.

Tout ce morceau de bravoure pour expliquer comment Zé, Richard et Moulou-le-Gitan — boiteux d'un côté, Cracovik et le grand escogriffe qu'il avait giflé en son rade, de l'autre, étaient parvenus à s'échapper de la nasse.

Sitôt que les premiers flics avaient franchi le mur, ils avaient ouvert le portail, pour laisser entrer le gros des troupes et les commissaires et inspecteurs à qui, décemment, leur position permettait pas de faire de l'équilibre à pantalon déchiqueté sur les murs tessonnés de la mère Leval. Deux mannequins, M.A.T. 49 pointées, restèrent de garde à la porte, refoulant les miséreux qui, leur provision de faux biftons faite, essayaient de se trisser en loucedé, les sournois.

— On est cuits, dit Zé, ils nous tiennent...

— Gonzesse, va, s'exclama Richard en s'élançant, suivi de Moulou vers la grande porte cochère.

Un poulardin les voyant arriver leva sa titine, l'air absolument décidé à s'en servir. Après un moment d'hésitation, Zé suivait le mouvement. La mi-pénombre commençait à les envelopper, comme un linceul, pensait le poète Xavier là-haut sur sa terrasse avec les pognes au ciel, comme l'embellie la plus badour de ce jour à scoumoune, gambergeait Richard qui appuya sur la détente de son Mark II Modèle C.

Le gardien de la paix encaissa le projectile en plein dans le buffet : ça fit une détonation sourde, le mec sauta en l'air d'au moins cinquante centimètres, essayant désespérément de rattraper au vol son cœur, ses poumons, sa rate, ses viscères et d'autres organes bien moins déterminés. On peut affirmer qu'il n'y arriva pas et qu'il retomba, flasque, au milieu de tout ce petit monde vital, radicalement dégoûté de l'état de non-pesanteur avec une fusée de 12 mm dans le bide.

Son compagnon lâcha illico sa sulfateuse, aussi gris que ses chaussettes, leva les mains en signe d'allégeance totale, s'en vit remercier par un coup de crosse au passage de la part de Moulou qui aimait l'ouvrage bien faite. Les trois arcans se mirent à zigzaguer dans la rue, sous le tir des flics qui étaient restés auprès des cars. Miracle qui prouve bien que Monsieur Mondieu n'est pas logique, ils échappèrent à tous ces impulsifs, atteignirent la Mercedes garée un peu plus loin, Moulou se mit au volant, regrettant amèrement le drivage sans bavures de Chris-le-Bourgeois.

Voyant le trou, Cracovik se précipita vers la sortie, suivi seulement du grand escogriffe, ils passèrent devant le mannequin éberlué qui, les yeux ronds fixés sur le corps exsangue de son collègue, restait les pognes aux nuages. Ils s'engouffrèrent dans le break Volvo et, Cracovik sachant plus très bien où il en était, ce qu'il devait faire pour se sortir de cette alambiquée mistouille, ils collèrent au train de la Mercedes, qui démarrait sur les chapeaux de roues.

Une petite 2-Chouaux occupée par deux nistonnes leur emboîta la jante.

*

D'un regard en dessous, Simon avait pigé le désastre : tout le butin de Nantes, chèrement acquis, durement défendu, était foutu à jamais pour sa pogne, pour le commerce des Seychelles et le mécénat peinturlurique. Les cognes maîtrisaient les derniers furieux, Carteret se faisait mordre au nez par un Yougoslave furieux, Brico qui, malgré sa bastos dans le tibia, faisait les poches à tout le monde, fut gratifié d'un coup de dudule derrière les oreilles, Toto, qui s'était enfin relevé de dessous sa vieille pour participer à la distribution générale des biftons et qui, l'imprudent, avait gardé son Polaroid en bandoulière, le vit fracasser à grands coups de latte rageurs par un Hennique qui se maîtrisait plus au milieu de ce carnage. Bref une pagaille monumentale où personne se fut étonné de voir dévaler des escaliers un landau avec un moujingue braillant à l'intérieur.

— T'es bien avancé, maintenant, dit-il à Xavier qui, pognes en l'air, rigolait par-devers lui, t'as vu à quoi ça t'a mené, tes embrouilles salopardes...

— Et toi, dit, sarcastique, son cadet en montrant la mêlée dans la cour, tu crois que t'as l'air malin avec ton braquage commando qui finit en quenouille... Et maintenant, nous comme trois nouilles sur la terrasse, on fait quoi ? Tu me butes ?

Il avait dit ça d'un tel air de défi méprisant que Simon envoya la purée dans sa direction, mâchoires bloquées. Ça put que dégommer les attardées hirondelles car Dome, au dernier moment, avait relevé son bras.

— Faut s'en sortir, Simon, expliqua le minot, il n'est pas armé, on n'a qu'à l'emmener avec nous...

— Oké, dit Simon à contrecœur, mais qu'il se tienne tranquille, sinon je le plombe.

Xavier essayait de faire encore son crâneur mais il avait sérieusement blêmi ; il n'avait jamais pu imaginer sérieusement que son frère veuille le tuer. Il opina aux propos de Dome, par sa mine muette et ses jambes flageolantes, souscrivit totalement aux propos menaçants de Simon.

Tous trois descendirent l'échelle qui donnait directement dans la faïencerie, rayons vasques et cache-pots, tous blancs parce qu'on s'était arrêté après la deuxième cuisson pour l'émaillage. Sans hésiter, Dome alla vers une porte, tira un coup de feu dans la serrure qui bâilla et demanda grâce en entrouvrant la lourde.

Ils étaient dans la rue, pas celle grouillante de flics, mais une petite sale rue sans fleurs aux fenêtres, sans zone bleue, avec juste quelques vieillards sur leurs perrons, des épaves fragiles qui attendaient avec une infinie patience que la mort vienne les chercher, mais alors là, on se demandait si la Mort, qui est une dame, oserait jamais se risquer dans une si petite rue paumée.

Les trois frères coururent jusqu'au bout, de là on voyait la cathédrale et c'était pas un mince spectacle et encore vous l'auriez vue le jour des fêtes de Jeanne d'Arc ahlala, mais ça n'a rien à voir, ce qui comptait, c'est qu'au bout de la rue, il y avait une place et que cette place, c'était un parking avec un tas de chiottes polluantes garées dessus. Simon avait remis ses flingues dans sa poche, Xavier s'y trompait pas, il les gardait absolument pointés sur lui et lui Xavier ne mouftait guère.

Sur le parking, repérèrent une voiture, une puissante et belle briquée DS, forcèrent sa portière, amenèrent un fil de la borne + de la batterie à la cosse batterie de la bobine, firent démarrer en reliant un autre fil du + de la batterie au + du démarreur, enfin quoi, si avec tout ça mes mignons vous vous payez pas une chouette balade en compagnie d'une gisquette avec des cuisses comme ça, c'est que vous êtes bouchés à l'émeri, j'aurai fait tout ce que je pouvais pour la promotion motorisée...

— Où on va ? s'enquit Dome au volant.

Xavier était à côté de lui, Simon derrière pointait le canon de son Smith & Wesson sur la nuque de son cher petit frangin. Lequel mit son grain de sel :

— Il n'y a qu'à retourner chez nous, dis-je, reprenant un peu de poil de la bête, car je dois avouer que toutes les minutes précédentes avaient été mouillantes pour mon ego : au « Fleuve impassible » on trouvera bien un peu de pognon pour se tirer des adjas !

— Tu manques pas de souffle, constata Simon, tu t'imagines peut-être qu'on va partir en cavale avec toi ?

Néanmoins, Dome démarra sans rien ajouter et je vis avec satisfaction qu'il prenait la direction de notre ville. La voiture répondait bien, et de toute façon, Dome n'avait aucunement l'intention de s'arrêter aux feux rouges, n'éprouvait pas de tentation à suivre des queues de camions titanesques, ça fait que nous fûmes à la porte de mon cabaret en une heure à peu près.

Une petite 2-Chouaux était garée devant et, presque sans surprise tant j'étais désormais blindé, j'en vis descendre Thérèse, vêtue d'un pantalon et d'un pull-over à col roulé, accompagnée d'une autre fille que je ne connaissais pas.

— Le cercle de famille s'agrandit, ricanai-je, voici l'infante prodigue et ne me prenez pas pour le veau gras, surtout !

On rentra tous dans le cabaret dont la porte était ouverte. Toujours menacé par Simon qui, décidément, désarmait pas, je grimpai jusqu'au premier étage. Dans MA baignoire, reposait le corps tuméfié de Sacha le barman, vêtu de son gilet écossais mais arborant une sale gueule de noyé incurable. Qui avait fait ça, pourquoi, comment, autant de mystères insondables et en fait, je m'en tapais l'œil de belle manière, uniquement préoccupé de me tirer de ce sale endroit et si possible, tout seul.

— Voilà comment ils nous ont retrouvés, dit Dome avec tristesse, on ne devrait jamais faire confiance aux tantes...

Je reconstituai le schéma ; par sa grande gueule, la mère Leval avait indiqué à Dome où j'étais, les arcans qui avaient dû obtenir l'adresse du refuge de Dome par Sacha, le suivaient et atterrissaient à Orléans en pleine fiesta. Quant à l'irruption des Yougoslaves, je n'y pigeais que couic.

— On est parties en même temps que des types, dit Thérèse d'une petite voix, sans oser me regarder, la garce, deux voitures, une Mercedes et une Volvo, ils sont venus jusque-là, je sais où ils se sont arrêtés.

— On va s'en occuper, promit Simon d'un ton grinçant, seulement, Xavier nous a parlé d'un peu de fric qu'il y aurait à ramasser ici, alors on attend.

*

Un qui fit une drôle de bouille, c'est Doc-Charlie en voyant arriver en force chez lui et juste son jour de repos, Richard, Zé, Moulou, suivis de Cracovik et de son escogriffe qui voulaient pas quitter la cordée.

Heureusement, Madame Doc-Charlie était sortie pour aller retrouver son amant mais de toute façon, ça faisait pas sourire Charlie qui l'avait mauvaise.

— Là, on a vraiment besoin de toi, dit Richard menaçant, vaut vraiment mieux que tu sois coopératif sinon je te dénonce à Tel-Aviv...

— Enfin, s'impatienta Moulou en désignant les deux Yougoslaves, qu'est-ce qu'ils branquillent ici ces mecs ? Ils nous prennent pour l'armée du Salut !

— Oui, au fait, s'enquit Zé, pourquoi vous étiez dans cette sarabande ?

— M'en parlez pas, geignit Cracovik en s'épongeant le front, le malheur est sûrement sur nous dans ce pays ; il suffit qu'un de mes compatriotes organise de gentilles surboumes pour qu'on le retrouve dans un matelas, il suffit que moi, je fasse des faux papiers pour ce type-là (il sortit un jeu de photos de sa poche et les montra aux trois truands) pour qu'on me paie en billets faux et que tous mes amis se fassent descendre.

Épuisé par cet effort linguistique, Cracovik s'effondra sur un fauteuil, sous les regards désapprobateurs de Doc-Charlie.

— C'est l'autre Mercourt, dit Zé en examinant les photos ! Et tu dis qu'il t'a payé en faux billets ?

— Les mêmes que ceux-là, dit l'escogriffe en exhibant une liasse qu'il avait pu arracher aux mains voraces des clodos orléanais.

— Oh, dit Richard, ça ne va plus tout ça, si les Pététés se mettent à écouler de la fausse monnaie maintenant !

— Tu bajarques pour rien dire, intervint Zé, ces billets, tu les as aussi bien vus que moi en revenant de Nantes (sans chanson, s'il vous plaît), ils étaient tous bons !

— C'est vrai, convint Richard pensif, d'ailleurs ma part était en biffetons usagés.

— La mienne aussi, dit Moulou qui profitait de la halte pour se déchausser et examiner son panard douloureux et ça n'avait rien à voir avec un signe de pluie. Y'a un court-circuit quelque part !

— Je t'ai compris je t'ai, dit Richard. Alors comme ça, on s'est bagarrés pour de la Sainte-Farce ?

Personne lui répondit parce que personne voulait lui faire de peine, mais sur tous les visages, ça disait alas poor arcan, Waterloo, sur toute la frime...

— Bon, se résigna Richard, plus qu'une chose à faire, rentrer à Paris.

— Ah ! mais pardon, se rebiffa Zé, t'en parles à ton aise, tézigue, de toute façon t'avais déjà touché. Mais moi je n'ai rien eu.

— Tu n'as qu'à essayer de mettre la main sur les parts d'Ange-le-Bègue et de Chris, rigola Richard, nous, ça nous concerne plus, on va pas courir et risquer de se faire buter pour des imitations de Corneille...

Moulou approuva véhémentement ; il regrettait qu'une chose, c'était de passer la main pour le moment, en ce qui concernait Dome.

*

— C'est pas sérieux, disait Xavier, après la corrida d'Orléans, les flics vont être ici avant un quart d'heure, faut se tirer !

— Du fric d'abord, dit Simon, faudrait peut-être pas oublier que tu m'as fait perdre deux cents briques.

— Je n'ai plus rien, reconnut Xavier piteusement, j'avais même mis mon fric personnel dans la sacoche.

Il se fouilla les poches, en sortit une liasse, une brique à vue de pif, ce qu'il avait mis de côté pour les faux fafs :

— Voilà, grinça-t-il, juste ça...

Dome prit un billet et l'examina. Il fronça les sourcils, l'éleva devant la lampe pour le regarder par transparence. Ses deux aînés le mataient sans comprendre.

— Il est faux, ce billet, dit-il enfin, et même pas très bien fabriqué...

Les deux autres sursautèrent. Simon arracha une liasse de dix des mains de Xavier.

— Il a raison, dit-il, tous faux !

Xavier dut reconnaître que tous ceux qui lui restaient en main étaient aussi des balourds de Carême.

— Il y a un os quelque part, dit Simon, quand... Mademoiselle (il désignait Thérèse à qui Claudine Queue-Dchoual refaisait un pansement sur les roberts) m'a fauché le ganot, c'était rien que de l'usagé.

— Je suis certain également, quand j'ai mis la sacoche dans mon coffre, dit Xavier, que c'était des bons biffetons.

— Alors, dit Dome, en bonne logique, c'est que quelqu'un les a échangés. Et qui avait la combinaison du coffiot ?

— *Toi*, Sacha et moi, lança Xavier avec un regard chargé d'intention, c'est tout !

Dome marcha sur son frère, rouge de colère, l'empoigna par le colbaque et martela ses mots, nez contre nez :

— C'est pas parce que tu es une salope qu'il faut voir tout le monde pareil !

— Ça va, ça va, dit Xave en essayant de se dégager, mettons que je n'ai rien dit pour toi. Mais il reste Sacha...

— On le saura jamais, dit Dome en le lâchant et en montrant d'un geste vague et fataliste la porte de la salle de bains.

— Tu rigoles, s'exclama Xavier, Sacha n'aurait jamais eu assez de chou pour monter tout seul une arnaque pareille. Non, il y a quelqu'un derrière...

— Tu vois pas qui fait de la fausse mornifle dans tes relations ? s'enquit Simon.

Xavier réfléchissait ; voyons, dans le coin, il y avait Clicheton et son frère Roro, mais ils avaient leur filière, d'ailleurs, ils ne faisaient que du dollar. Non, il voyait pas, vraiment.

— Un truc, quand même, dit rêveusement Dome, Sacha était le petit ami de ton bon copain Garnier. Il est bien assez crapule pour te jouer un tour comme ça.

— C'est vrai, reconnut Xavier, approuvé par Simon qui se souvenait de l'individu quand il ne politisait pas encore et qu'il exerçait ses talents multiples dans le Midi.

— Alors, qu'est-ce qu'on fait ?

— On va s'occuper de la bande à Richard, dit Simon, tant qu'on les aura pas éliminés, ils nous chercheront. Puisqu'ils se croient en sécurité, autant passer à l'offensive.

— C'est où, demanda Dome à Thérèse, qu'ils se planquent ?

Thérèse qui s'était changée entre-temps et avait revêtu son sage tailleur, donna l'adresse. Xavier s'exclama :

— Je vois, c'est sûrement chez Doc-Charlie, une arsouille rangée des voitures.

— Bon, dit Simon, alors tu viens avec nous et pas de faux bonds !

Il agita son Smith & Wesson sous le nez de son cadet qui approuva et alla chercher d'autres cartouches et un autre fusil pour la rigolade.

— Thérèse retourne chez Claudine, dit Simon, pas la peine qu'elle attrape un mauvais coup.

Queue-Dchoual dit oui passivement, arrivée à un stade de coma intellectuel qui la faisait nager complètement dans le yaourt. Les deux filles sortirent.

— Un dernier truc maintenant, dit Simon en fixant Xavier, Thérèse, elle n'est plus pour toi.

*

Pour ce que j'en avais à foutre de cette connasse ! Elle qui avait mis tous les bâtons dans les roues. Mes deux frères s'équipaient pour leur vendetta. Quelle rage ! Quels enflés ! Ne pensant plus qu'à flinguer, Simon avait terriblement déteint sur le petit : Honneur.

— C'est pour les faux billets que les Yougoslaves sont venus à la pétarade, je leur dis, ça m'intriguait aussi leur intervention.

Je leur expliquai les faux papiers que j'avais commandés et payés d'avance.

— Après, dit Simon, on ira chez ton copain le Député. Il a peut-être encore la bonne galette...

Ça faisait bien des si et des peut-être, surtout *si* on n'était pas crounis avant, si les flics étaient de grossiers ploucs... Je voyais tout ça très mal barré, un cauchemar sans queue ni tête, une sorte de vaudeville sanglant où des billets s'envolaient, comme dans la cour de la grand-mère Leval.

— En route, dit Simon avec une sorte d'exaltation, on va leur en faire pisser à ces tordus !

La nuit était bien tombée, il ne bruinait plus, mais un vent rageur balançait l'enseigne du « Fleuve impassible » à la décrocher. Un symbole, hmmm !

On reprit la DS qu'on avait levée à Orléans. Juste comme on atteignait le coin de la rue, j'entendis une sirène derrière nous ; la lumière bleue tournante du car s'arrêta devant la boîte. Le filet se resserrait nettement et ces ânes Mercourt pensaient plus qu'à aller tirer dans tous les coins. Leur prétexte d'offensive défensive tenait pas debout, un vrai charre pour naïfs. Ce qu'ils voulaient, inconsciemment, et peut-être parce qu'ils n'avaient pas eu le cran de m'abattre de suite, sur la terrasse de la faïencerie, c'était du sang, encore et toujours, l'odeur de la poudre, le tressautement de la crosse dans la paume de la main, les petits frelons d'acier qu'on envoie l'œil en pleur, ceux qu'on évite, leur pute de corrida glorieuse.

Qu'ils aillent donc se faire buter si ça leur chantait, moi je n'en étais pas, un seul principe en l'espèce, se garer le plus possible et essayer de se tirer les adjas, les laisser se démerder en « hommes » et d'Honneur par-dessus le marché.

— Ne nous gamberge pas un mauvais tour, dit Simon alors que la voiture s'arrêtait devant un petit immeuble et comme si il avait deviné mes pensées, à la moindre entourloupe, je t'abats de ma main.

Je ne répondis rien et d'une parce qu'il n'y avait rien à répondre et de deux, parce que Dome signalait que la minuterie de l'escalier venait de s'allumer, comme si quelqu'un allait sortir.

— Sont peut-être partis, dis-je en désespoir de cause, maintenant, ils ne tiennent sûrement pas à s'attarder dans le coin. Ils doivent nous croire toujours à Orléans...

— Macache, dit Simon en montrant une Mercedes garée le long de l'immeuble, c'est la voiture de Richard. Ils sont plus que trois, maintenant, ça fait à chacun le sien. On va les attendre à sortir et on les plombe.

— Voilà du monde, avertit Dome en relevant le chien de son P. 38.

*

Cracovik descendait le premier, suivi de son escogriffe et de Moulou boitillant. Richard et Zé s'attardèrent un moment sur le palier pour prendre congé de Doc-Charlie, pas fâché de les voir décamper, surtout que sa Mémaine allait pas tarder à revenir de se faire brosser. À chaque instant l'infirmier s'était imaginé voir les poulets débouler dans son appartement, sa paisible retraite transformée en champ de bataille. Il avait soigné le pied de ce petit manouche au regard vicieux ; ça ne s'était pas infecté, il lui avait seulement conseillé de se faire mettre un plâtre sitôt rendu à Paris.

— On dira bonjour aux amis de ta part, conclut Richard en serrant la main de Charlie.

— Surtout pas, surtout pas, s'affola le gros infirmier, qu'on parle jamais de moi...

Il referma sa porte et alla se verser un cognac, les tripes légèrement dénouées.

Cracovik et son acolyte ouvrirent la porte vitrée de l'immeuble. Eux aussi allaient devoir partir en cavale, avec les morts et les blessés qu'ils avaient laissés sur le terrain, les flics les retapisseraient à l'aise et voudraient sûrement leur parler. D'autant plus que Cracovik imaginait la gentille perquise chez lui : les faux biffetons dans sa caisse, tous semblables à ceux qui jonchaient la cour de la mère Leval, ils allaient bicher les lardus, penseraient avoir mis la main sur le maousse trafic et tout ça serait pour ses pieds...

Poliment, l'escogriffe yougoslave tint la porte pour que l'handicapé Moulou sorte. À cinq pas derrière, Zé et Richard qui échangeaient des propos désabusés sur l'époque, la nouvelle mentalité.

— Merde, dit Simon qui pointait ses deux flingues par la vitre ouverte de la DS, ils sont cinq !

— Trop tard, lâcha Dome en tirant sur le groupe.

Doc-Charlie entendit la première détonation, en bas, devant chez lui. Il essaya de se persuader que ça n'était qu'un bruit d'échappement de moteur. N'y parvint pas, d'autant que d'autres coups de feu éclataient dans la nuit.

Il lâcha son verre de cognac et s'écroula sur sa moquette...

XV

Simon et Xavier avaient tiré avec un rien de retard, leur frère avait atteint l'escogriffe au foie. Moulou s'écroula à son tour, criblé de chevrotines.

Cracovik tournait en rond, affolé ; il avait reçu une chevrotine dans un œil et la douleur était si vive et si atroce qu'il n'était pas tombé, qu'il courait sur la pelouse de l'immeuble, l'œil hors de l'orbite et juste retenu par le nerf optique.

Les deux vieux arcans, avec une souplesse et une rapidité incroyables, s'étaient jetés à terre. Richard dégaina son Gyrojet ; il lui restait trois fusées. Zé n'avait pas sa mitraillette mais, allongeant la main, il saisit sous le veston poissé de sang du petit rabouin le Lüger 22 Long Rifle.

— Je tire sur leur bagnole, avertit Richard, et tu cavales jusqu'à la Mercedes pour me prendre au passage.

Les deux hommes étaient abrités derrière une espèce de muret psychédélique qui était censé représenter un terrain de jeux extraordinaire pour les gniards.

— On les voit plus, s'exclama Simon, on ferait mieux de descendre de la guinde parce qu'ils vont nous allumer recta, on est juste sous un réverbère.

Ils descendirent en se baissant par les portières opposées à l'abri de Zé et de Richard, se coulèrent le long du caniveau jusqu'au break Volvo stationné là. Comme ils se remettaient en position de tir, une explosion fulgurante retentit, tout autour, des vitres dégringolèrent : Richard venait d'envoyer une fusée dans le moteur encore chaud de la DS. L'arrière du break fut complètement enfoncé par le souffle de l'explosion, des petits morceaux de ferraille volèrent en tous sens, des débris de verre vinrent même se loger dans la main gauche de Xavier qui poussa un cri de douleur.

Profitant des flammes qui bouffaient le moteur de la DS et de l'épaisse fumée noire qui s'en dégageait, Zé ne fit qu'un bond jusqu'à la Mercedes, garée sur l'autre trottoir et qui avait juste son pare-brise pété par les éclats.

En marche arrière, il pénétra sur la pelouse, faisant jaillir des mottes de terre et ne s'arrêta que contre le muret. Si les frères Mercourt étaient dans la guinde, il y avait de fortes chances pour qu'ils soient complètement cramés...

Richard grimpa en voltige dans la voiture, après avoir balancé une autre fusée dans la carrosserie de la DS. Pour les détromper, Simon et Dome défouraillèrent sur eux, comme Zé repartait en première, moteur hurlant, tout au long de la pelouse qui commençait à ressembler à un labour au moment de la saison des semailles.

Derrière eux, Cracovik avançait, les mains en avant, hurlant de douleur, le visage ensanglanté. Il bascula contre un tourniquet, tomba sur la plate-forme qui, emportée par son poids, se mit à tourner.

Les trois frères se relevèrent. Xavier avait laissé tomber son arme, tenait sa main en pleurant. Les deux autres le regardèrent sans le voir et continuèrent à tirer sur la Mercedes qui zigzaguait toujours au milieu des massifs. Xavier tira sur la poignée de la Volvo qui joua, la portière s'ouvrit et il se laissa tomber sur la banquette.

— Il y a la clé de contact, dit-il faiblement.

Simon le repoussa, s'installa au volant pendant que Dome grimpait à l'arrière et se remettait à tirailler par la vitre brisée. Simon lança le moteur, se dégagea à grands coups de pare-chocs et se lança à la poursuite de la Mercedes qui n'était pas encore arrivée à sortir de la pelouse, coincée par des bassins et des bornes.

— On est dans un terrain de jeux, dit Richard, il faut trouver un passage.

Il ne lui restait qu'une fusée et il tenait à ne la tirer qu'à bon escient. Cinquante mètres derrière eux, la Volvo s'engagea également dans les constructions bizarroïdes et torturées, fruits de l'imagination dingue d'un architecte bétonnier qui n'avait sûrement jamais joué dans son enfance.

La Mercedes attrapa de plein fouet la barre d'un portique. Il fallait que ça vienne ou que ça dise pourquoi. Le fer plia et s'éjecta de son socle de béton, la voiture passa après un quart de tour sur elle-même, se retrouva sur la chaussée après avoir labouré cent mètres de gazon glissant et arraché trois massifs.

La Volvo prit le même chemin et les deux voitures, à vingt mètres l'une de l'autre, s'élancèrent sur un grand boulevard bien éclairé qui se dirigeait vers la Zone Industrielle.

— Tire, bon Dieu ! s'exclama Zé en voyant le capot de la Volvo qui se rapprochait dangereusement du cul de leur voiture.

Richard demandait pas mieux mais n'arrivait pas à se garder la pogne ferme. Il sauta pardessus la banquette, se retrouva à l'arrière, fit voler la vitre d'un coup de talon et ajusta la

Volvo ; que la fusée atteigne le moteur et les Mercourt pourraient aller se faire bonzer.

— À toi, Dome ! cria Simon en se cramponnant au volant.

Il sentait qu'il ne fallait plus compter sur moi, pourtant j'étais le mieux placé pour aligner Richard accroupi sur son siège et qui nous pointait de son drôle d'engin. Ma foi, tout cela était bien inutile maintenant, ma main criblée d'éclats de verre, le gazomètre qui défilait à notre droite, l'argent, tout ça.

Je savais ce qu'il y avait au bout du boulevard, au bout de notre nuit minable, au bout de cette enfance que nous n'avions jamais quittée sans vraiment nous connaître, au bout de nos petites actions ridicules d'insectes dérisoires. Même pas envie de leur dire, ces deux frères inconnus, étrangers, ne m'intéressaient en aucune manière, pas plus que quiconque au monde.

Dans mon dos, Dome tira par la portière, rageusement. Il n'avait pas encore compris et pourtant il connaissait la ville. Richard s'écroula, devant, je suppose qu'il eut le dernier réflexe idiot d'appuyer sur la gâchette de son engin en tombant. Lancée à plus de 120 à l'heure, la Mercedes fut l'espace d'un instant une explosion ambulante, elle continua sur sa lancée, rentra en flammes et en fumée dans les barrières du bout du boulevard, bascula et plongea dans le Cher, s'éteignant au moment où elle ouvrait un gouffre d'eau boueuse.

Simon ne savait pas qu'à cet endroit, on procédait à des travaux de raccordement pour une autoroute. Hypnotisé par la lueur vive, il n'avait pas vu les signaux et fonçait toujours. Dominique le gosse hurla.

J'eus un moment dans l'idée que nous allions nous envoler et planer longtemps. Mais non, alors salut, adieu, bonne bourre. Je vous hais !

*

Les sirènes étaient partout, les tournoyantes lampes éclairaient le chantier et la palissade défoncée par les deux voitures folles. Un flic téléphonait aux pompiers et leur demandait d'urgence un canot et des hommes-grenouilles.

Pas pour le type qui nageait dans l'eau sale, celui qui avait réussi à sortir par sa vitre ouverte, qui n'avait pas pu dégager ses frères coincés et ratatinés sous la ferraille. De l'autre côté de la rivière, la banlieue, le petit pavillon blanc de Queue-Dchoual.

Le courant était très fort mais il parvint à prendre pied dans une sablière, épuisé, moche, vide et tout ça, qu'on a envie d'allumer une sèche, de boire un coup.

Thérèse le sécherait, le prendrait dans ses bras. Après, il se cacherait encore et sans doute pour toujours. Il sera un fugitif, bon, c'est un métier comme un autre, et il vaut mieux avoir du fric pour ça.

— J'irai voir le député, dit-il dans sa tête un peu creuse.

Seychelles ? Bungalow ? Palmiers ? Nègres qui servent le punch ?

Ce Mercourt-là n'en savait encore rien. À travers les rues désertes, il atteignit le grand terrain vague bosselé et creusé de partout.

Il sonna.

FIN

DU MÊME AUTEUR

Aux Éditions Gallimard

Dans la collection Série Noire

BERRY STORY, nº 1586

LE GRAND MÔME, nº 1717

POUR VENGER PÉPÈRE, nº 1806 (repris en Folio Policier nº 153)

BALLES NÈGRES, nº 1825

JOUJOUX SUR LE CAILLOU, nº 2089

LES BILLETS NICKELÉS, nº 2124

C'EST LE BAGNE !, nº 2134

Dans la collection Super Noire

L'OTAGE EST SANS PITIÉ, nº 48

Dans la collection Folio

LA NUIT DES GRANDS CHIENS MALADES, nº 2224

Dans la collection Carré Noir

CRADOQUE'S BAND, nº 373

JE SUIS UN ROMAN NOIR, nº 468

JUSTE UN RIGOLO, nº 506

LES PANADEUX, nº 518

LA DIVINE SURPRISE, nº 545

LA MARCHE TRUQUE, nº 554

NOTRE FRÈRE QUI ÊTES ODIEUX..., nº 566 (repris en Folio Policier nº 171)

Aux Éditions J.-C. Lattès

LE GRAND SUD

Aux Éditions Balland

LA NUIT MYOPE

Aux Éditions Dargaud

LES ENQUÊTES DE L'INSPECTEUR ALFRED BEAUGÂT

Composition Nord Compo.
Impression Société Nouvelle Firmin-Didot
à Mesnil-sur-l'Estrée, le 20 juin 2000.
Dépôt légal : juin 2000.
Numéro d'imprimeur : 51755.

ISBN 2-07-041201-6/Imprimé en France.

93140